chapter_1

The Elf Named Watanabe

VOL-1

第一章

渡辺風花は園芸部の部長である

#エルフの渡辺　#電撃文庫

背筋が綺麗《きれい》に伸びている。

大木行人《おおきゆくと》は渡辺風花《わたなべふうか》に、彼女自身の第一印象を聞かれ、反射的にそう答えていた。

「自分ではそんなに意識したことないけど、お母さんがそういうのに厳しかったからかな」

行人《ゆくと》が都立南板橋高校《みなみいたばしこうこう》の二年生になったばかりの四月。

同級生の渡辺風花《わたなべふうか》との会話が、お互いの第一印象がどうだったかを披露する流れになった。

忌憚《きたん》なく日頃から美しく伸びた背筋についてそう告げると、渡辺風花《わたなべふうか》はそのことが自身にとって良い過去ではないというような顔をしたように思う。

「それに今は部活の間、ずっと背中丸まっちゃってるし、姿勢は全然良くなくなっちゃってると思うな」

そう言って微笑《ほほえ》みながら、軍手と学校指定のジャージ、そして汗が光る頬を美しく土に染めて、彼女はまた花壇と植木鉢の整備に取り掛かり、

「大木《おおき》くん、そんな話の後に背中が丸まってる姿を撮るの？」

その姿を、大木行人《おおきゆくと》は古いフィルム式一眼レフカメラのファインダーに収めるのだ。

「作業の様子を何枚か試しに撮りたいんだ」

不満げに疑問を漏らしながらも、渡辺風花《わたなべふうか》は向けられるレンズを拒みはしなかった。

「コンテストに出す写真を撮るなら、せめてもっと可愛《かわい》い格好をしてるときに撮ってもらえませんか。何もこんな汗かいて土まみれのときじゃなくたって」

何故《なぜ》なら渡辺風花《わたなべふうか》は、南板橋高校《みなみいたばしこうこう》写真部の唯一の部員にして部長である行人《ゆくと》が『東京学生ユージュアルライフフォトコンテスト』に応募するための写真のモデルを引き受けてくれているからだ。

都内在住・在学の高校生までの学生限定のフォトコンテストであり、行人《ゆくと》が二年になって初めて応募する本格的なフォトコンテストでもある。

それに応募したいと思ったとき、行人《ゆくと》が思い描いたのは『園芸部の活動に従事する渡辺風《わたなべふう》花《か》』の姿だった。

「好きなことをやっているときほどその人の魅力が引き出される瞬間って、なかなか無いと思うんだ。そういう意味で、今の渡辺《わたなべ》さんは凄《すご》く魅力的だと思う」

「みりょ……！」

春にしては強い日差しの下で、渡辺風花《わたなべふうか》は慌ててレンズから顔を背けてしまう。

「大木《おおき》くんの第一印象はあれだね。大人しい顔して、結構大胆で物怖《ものお》じしないよね」

何か怒らせるようなことを言っただろうか。考えてみれば向こうが綺麗《きれい》じゃないと思っている姿の方が良いと言ったに等しいわけだから、確かに良い印象ではなかったかもしれない。

そんなことを思いながらもカメラを構え続けていると、ファインダーの中で渡辺風花《わたなべふうか》が再びこちらを見た。少し、頬を膨らませている。

「もしかして、写真のモデルになった人にみんなにそんなこと言ってない？」

怒られているのに、つい膨れた顔を撮ってしまい、また睨《にら》まれてしまった。

撮影した写真をすぐに確認できないフィルム式のもどかしさはあるが、良い顔が撮れたような気がする。

調整のためにレンズの露出を少しいじっていると、更に問いかけられた。

「大木《おおき》くん。聞いてるの？」

「いや、ごめん、でも、誰にでも言ったりなんかしないよ。そもそもモデルを引き受けてくれたの渡辺《わたなべ》さんだけだし、だから渡辺《わたなべ》さんにしか言ってない……っていうか……その」

「そ、そうなんだ。そう、なんだ」

納得してくれたのかは分からないが、少し表情を和らげて作業に戻った。

それからしばらく時間が流れる。

カメラのファインダー越しに、土に汚れた渡辺風花《わたなべふうか》の頰の汗が輝いている。

昼というには遅いが夕暮れというにはまだ早い、少し陰った日の光と校舎裏の日陰を渡る風が渡辺風花《わたなべふうか》の前髪を軽くそよがせ、普段は前髪に隠れがちな穏やかな瞳を行人《ゆくと》に見せた。

「渡辺《わたなべ》さん」

行人《ゆくと》の指が自然にシャッターを切り、そして、カメラを構えた手が少しずつ下がってゆく。

それと同時に渡辺風花《わたなべふうか》は、傍《かたわ》らにあったいくつもの花の苗の一つを両手で持ち上げ、花壇に下ろそうとするところだった。

「え？　なぁに？」

それは渡辺風花《わたなべふうか》をモデルとして写真を撮ろうとする行人《ゆくと》にとって、決して逃してはいけないシャッターチャンスだった。

ファインダーの中で、渡辺風花《わたなべふうか》が輝いている。

ああ、やはり。

このカメラは、行人《ゆくと》が本当に美しいと、素晴らしいと思える被写体をこうして教えてくれるのだ。

その瞬間は、図らずも今日一日の中でベストショットのタイミングだった。

「……」

「大木《おおき》くん、写真はもういいの？」

だが、行人《ゆくと》はシャッターを切らず、カメラをゆっくりと下ろしてしまった。

今まで好き放題撮りまくっていた行人《ゆくと》が突然静かになってしまったので、その様子を渡辺風《わたなべふう》花《か》は少し不思議そうに見てくる。

「俺……」

美しいものを全てカメラ越しに見ようとしてしまう現代に於《お》いて、この一瞬だけは、自分自身の目だけで見なければならないものだと感じたからだった。

「好きだ。渡辺《わたなべ》さんが」

時間が止まったようだった。

いや、そう思ったのは行人《ゆくと》だけだった。

何故《なぜ》ならきょとんとした目で行人《ゆくと》を見ていた渡辺風花《わたなべふうか》の顔が、行人《ゆくと》の言葉を頭で理解するとともに沸騰したように紅潮していったからだ。

行人《ゆくと》自身の心臓の鼓動も、どんどん速くなっていく。

「えと、えっと……今、大木《おおき》くん、好き、好きって……私のこ……と……ええええ⁉」

「あ……あれ⁉　い、いや、その、違《ちが》っ！　いや、違わ、違わないっ……んだけど、その、こんな風に言うつもりじゃ、あれ⁉　えっと、その‼　渡辺《わたなべ》さんっ！」

「ひゃいっ⁉」

渡辺風花《わたなべふうか》の方も、唐突すぎる事態に目を見開いて全身を凝固させ呆然《ぼうぜん》としている。

行人《ゆくと》は大きく息を吸うと、渡辺《わたなべ》に向き直りその場に膝を突いた。

「せ、制服の膝汚れちゃうよ⁉」

「い、今はそんなこといいんだ！　その、聞いてもりゃえましゅかっ⁉」

派手に噛《か》んだ行人《ゆくと》は渡辺風花《わたなべふうか》に負けず劣らず顔を真っ赤にし、

「おおおおおちおちおち落ち着いてください大木《おおき》きゅん！」

渡辺風花《わたなべふうか》も比例するように慌て、そしてやたらと可愛《かわい》く噛《か》む。

「「え、えーと……！」」

二人でひとしきり慌てた後、とりあえず行人《ゆくと》は大事なカメラを、渡辺風花《わたなべふうか》は大事な花の苗を取り落とさないようにお互い地面に置いた。

そして一足早く、渡辺風花《わたなべふうか》の方が落ち着きを取り戻し、いっぱいいっぱいになりながら言った。

「ふー……あ、あの……あのね、大木《おおき》くん」

思わず下がりそうになった視線を、渡辺風花《わたなべふうか》の声が引き留めた。

「大木《おおき》くんは『こんな風に言うつもりじゃ』って言うくらいだからきっと……自分の理想の言い方は考えてて、少しは心の準備があったんだよね？　でも……私は、違うんだよ？」

「そ、それは」

「すごく……すごくドキドキしてる。そんなこと言われるなんて、全然予想してなかったんだもの」

言いながら、渡辺風花《わたなべふうか》は軍手をつけたままの両手で自分の顔を覆おうとする。

「だから……私の方が、きっと緊張してるよ」

「わ、渡辺《わたなべ》さん……」

それでも渡辺風花《わたなべふうか》は目を隠すことだけは堪《こら》えて、目だけはしっかり行人《ゆくと》を見た。

「私……今まで、男の子にそんなこと、言われたことなくて……だから、頭ぐるぐるしてて、冷静じゃないかもしれない。だから……」

渡辺風花《わたなべふうか》は強い意志で顔を隠そうとする手を下ろし、ジャージの膝が汚れるのも構わず地面に正座するように腰を下ろし、言った。

「聞かせてください。大木《おおき》くんが、私のどんなところを好きになってくれたのか」

渡辺風花《わたなべふうか》の声の微《かす》かな震えがどのような感情からくるものなのか、行人《ゆくと》に判断することはできなかった。

それでも真《ま》っ直《す》ぐ自分を見つめてくれる瞳は好意的なものであるように思えた。

「えっと……少し、長くなるんだけど、いい……？」

渡辺風花《わたなべふうか》が小さく頷《うなず》く。

二人で咲いたばかりのチューリップのように赤くなりながら、行人《ゆくと》はぽつりぽつりと語り始めた。

それは今この時点から半年ほど前、二人が一年生だった昨年の十月に遡《さかのぼ》る。

◇

花は写真撮影を練習する被写体として極めて優秀である。

それは大木行人《おおきゆくと》の持論であり、行人《ゆくと》が写真という世界に興味を持つに至る原点であった父、大木進一《おおきしんいち》の数少ない教えの一つだった。

曰《いわ》く、『カメラの設定を意識して外さない限り、花はそれなりに綺麗《きれい》に撮れる』らしい。だから新しいカメラを手にしたとき、まず最初に練習で被写体にするべきは花なのだと、父は力説していたものだ。

そのため幼い頃から父の影響で人よりは少しだけカメラに馴染《なじ》んでいた行人《ゆくと》も、新しいカメラを手にしたときや、撮影の練習をするときはまず手近な花を撮ることで準備運動としていた。

だから高校一年生の大木《おおき》行人《ゆくと》が、十月の土曜日に、とある古くて新しいカメラの慣らしとして、家の近くの神社で開催された『第六十回板橋区菊祭り』に撮影練習に向かったのはごく自然な成り行きだった。

「おおー」

駅や幹線道路から離れているため普段は閑散としている板橋《いたばし》樋川神社《ひかわじんじゃ》の境内は、色とりどり形とりどりの菊で埋め尽くされていたのだ。

菊祭りと聞いて、見物客がいてもお年寄りばかりだろうと何となく想像していたのだが、意外にも若い人の姿も見受けられた。

自分と同じように真剣にカメラを構えている見物客も多くいる。

賑《にぎ》わってはいるが、混雑しているというほどではない境内を歩きながら、やがて行人《ゆくと》は最初の展示コーナーでカメラを構えファインダーを覗《のぞ》いた。

「んー、ちょっと背が高すぎるな」

そこには背の高い菊が一輪、鉢に植わった形式のものが無数に並べられているのだが、その背の高さのせいで全体を撮ろうとすると余計なものが映り込み、接写しようとすると並んだ他の菊が画面の中でゴチャついて干渉する。

数度シャッターを切るが、ろくな結果になってはいないことは手応えで分かった。

行人《ゆくと》は両手の中の、古いフィルム式一眼レフカメラの背面に視線を落としてから小さく肩を竦《すく》めた。

そう、行人《ゆくと》が今使っているのは、製造されてから何十年も経《た》っていそうな、メーカーも型番も定《さだ》かでない代物なのだ。

昨今写真を撮るために『ファインダー』を覗《のぞ》く人は激減していると言われる。

コンパクトデジタルカメラの大半はもはやファインダーを搭載しておらず、スマートフォンは言わずもがな。ミラーレスデジタル一眼レフですら、日中の太陽光の強い時間を除けば大きな液晶画面を見ながら撮影する人は非常に多い。

写真を仕事にしているか、趣味として人生を賭けるレベルで心血を注いでもいない限りファインダーを覗《のぞ》きこむ必要性そのものが薄れているため、今境内を見回しても、ファインダーを覗《のぞ》きこんで写真を撮る人は見当たらない。

「でもやっぱこの方が、撮ってるって感じするよなあ」

一輪の菊を撮ることを諦めた行人《ゆくと》は、沢山の菊を集めて人形の形にしている展示や、ドーム型にしている展示を何枚か撮影する。

きっとこれらには専門的な呼び方があるのだろうが、菊に詳しくない行人《ゆくと》には作品の全景や使われている菊の美しさをただ観賞するだけで精いっぱいだ。

「見つけた」

その瞬間は、唐突に訪れた。

ファインダーの中に一輪、それそのものが輝きを放っているとしか思えない菊を見つけたのだ。

先ほどのように鉢から真《ま》っ直《す》ぐ伸びる菊ではなく、竹の一輪挿しのようなものに挿されたものだ。

花びらの内側が紅色。外側が深い黄金色の華やかな姿。

『巴錦《ともえにしき》』と呼ばれるその菊が、まるで自らを撮ってくれと言わんばかりにファインダーの中から行人《ゆくと》を誘っているように見えた。

撮影の結果がすぐに分からず取り回しも不便、その上現像に金がかかる古いカメラを持ちだしてきた大きな理由がこれだ。

このカメラのファインダーを覗《のぞ》くと、輝く被写体を発見できるのだ。

少なくとも行人《ゆくと》の主観に於《お》いてはそうだった。

肉眼で見ると気づかなくても、このカメラのファインダーを通して見ると不思議とそれが

『見える』ような気がするのだ。

他にも巴錦《ともえにしき》はあったし、一輪挿しのカテゴリーで展示されている菊も数えきれないほどあった。

それでもカメラがその巴錦《ともえにしき》を撮れと言っているようで、夢中になって何度もシャッターを切った。

そしてあらかた撮り終わってから、出品者の名前が添えられていることに初めて気づく。

そこに書かれていた名こそが。


『一年B組、渡辺風花《わたなべふうか》さん』

翌週明け月曜日の全校朝礼。

自分の目の前にいるクラスメイトの名が呼ばれ、行人《ゆくと》は自分が呼ばれたわけでもないのに緊張で身を固くした。

「はい」

控えめな返事とともに、目の前にいた小柄で背筋が真《ま》っ直《す》ぐ伸びた同級生女子がぴょこりと動き、壇上へと上がってゆく。

渡辺風花《わたなべふうか》は目立たない生徒だ。出席番号が行人《ゆくと》の一つ前なので、入学直後の座席は近かったのだが、特に会話をした記憶が残っていない。

だが間違いなく一昨日の菊祭りでカメラが示した輝く被写体たる菊の傍《かたわ》らには『南板橋高《みなみいたばしこう》校《こう》　渡辺風花《わたなべふうか》』の名札が掲示されていた。

『南板橋高等学校《みなみいたばしこうとうがっこう》一年、渡辺風花《わたなべふうか》さん。あなたは本年度の板橋区菊祭り厚物《あつもの》・切り花の部に出品し、敢闘賞を受賞いたしました。その努力をここに表彰いたします』

南板橋高校《みなみいたばしこうこう》は、東京の板橋区。東武東上線上板橋《かみいたばし》駅から徒歩十五分ほどの場所にある。

公立高校ながら特定の分野の部活で伝統的に実績を出しており、この日もバスケ部の秋季大会優勝と映画研究部の全国大会金賞という分かりやすい表彰が先行していた。

そのため、菊祭りの厚物《あつもの》の部という聞き慣れない単語の並びに、全校生徒の空気はやや弛緩《しかん》していた。

言ってしまえば耳馴染《なじ》みのないジャンルの個人表彰に興味を失っていたのだ。

だが当の渡辺風花《わたなべふうか》はそんな空気は意に介さず、義務的な拍手の中で瞳を輝かせ、高揚した笑顔でクラスの列に戻ってきた。

「お、おめでとう。渡辺《わたなべ》さん」

「！」

行人《ゆくと》は、自分が何故《なぜ》そんなことをしたのか分からなかった。

だが自分の目の前に戻ってきた、普段ほとんど交流のない女子の誇りに満ちた空気と笑顔を見て、行人《ゆくと》は思わず小さく祝福の言葉を呟《つぶや》いていたのだ。

流石《さすが》に真後ろでのこと。呟《つぶや》きもはっきり耳に届いたらしく、渡辺風花《わたなべふうか》は驚いた表情で行人《ゆくと》を振り向いた。

「実はね、これ、出品したら必ずもらえる賞なんだ、ふふ」

賞状で顔を半分隠しながら、渡辺風花《わたなべふうか》は照れくさそうに、だが誇らしげに微笑《ほほえ》んだ。

「でもありがとう、大木君《おおき》」

そして、ほとんど交流の無い行人《ゆくと》の名を呼んでまた小さくはにかんだ。

はにかむ、という普段馴染《なじ》みのない言葉を、よくぞ思い出せたものだと思う。

だがそうとしか表現しようのない穏やかで驕《おご》りの無い笑顔が、まるで視界の中で弾《はじ》けたような錯覚を覚えた。

まるで、あのカメラで輝く被写体を見つけたときのようだった。

「……のさ」

「え？」

その声は、もはや気づかれたことが奇跡と思えるほど、喉に引っかかった囁《ささや》きのような音量だった。

だが、目の前の渡辺風花《わたなべふうか》はきちんと聞き取り、また振り返ってくれた。

前髪に隠れそうな大きな瞳がこちらを見上げ、その瞳の色を見て、また行人《ゆくと》の視界は煌《きらめ》き爆発する。

「あの……っと……」

「うん。何？」

「あ、っ………アツモノキリバナって、何？」

その疑問は、衝動的にかけた祝福の呼びかけとは違い、意識して絞り出したものだった。

渡辺風花《わたなべふうか》の目が、きょとんとして、その後しっかりと見開かれる。

「あ、あのね！　薄い厚いの厚い物って書いて厚物《あつもの》なんだけど、菊の代表的な種類なの！　丸くてふんわりした大きい花の菊って見たことない⁉　菊祭りのエントリーって色々なカテゴリーがあるんだけど、切り花はカテゴリーの一つで、他にもボンヨウとかオオヅクリとか色々あって、その中でも厚物《あつもの》はいかにも菊っ！　ていう分かりやすい形をした一本はっきりと大きい菊を……」

そしてまだ朝礼が終わっていないのに、しっかり行人《ゆくと》に向かって振り向いて賞状を握りつぶさんばかりの勢いで一気呵成《いっきかせい》に喋《しゃべ》り始める。

「え、あ、ええと」

絞り出したあやふやな問いに思わぬ熱量で打ち返されて行人《ゆくと》は狼狽《うろた》え、

「おーい渡辺《わたなべ》、嬉《うれ》しいのは分かるがうるさいぞー」

周囲にもその早口は聞こえていて、近場に立っていた担任教諭から渋い声で注意が飛ぶ。

「あ、ご、ごめんなさいっ」

渡辺風花《わたなべふうか》ははっとなって話を中断し、フィギュアスケートのジャンプもかくやという勢いで前に向き直る。

だが少しして、わずかに振り向きながら、少しもじもじして、言うのだった。

「後で少し時間もらえますか？　そうしたらもっときちんとお話しできるから」

「う、うん！」

この返事は、声こそ小さな子どものようだったが、明確に意思を持ったものだった。

この後、渡辺風花《わたなべふうか》と話す約束をする。

それがたとえようのないほど魅力的な提案に思えたからだった。

「ふふ、よかった。ありがとう、大木《おおき》君」

今度ははにかむ微笑ではなく、はっきりと笑顔だった。

朝礼が終わってから一時間目が始まるまでのわずかな時間。

何となく行人《ゆくと》は渡辺風花《わたなべふうか》とつかず離れずの距離で歩いて教室まで戻る。

そして渡辺風花《わたなべふうか》の席に手招きされた行人《ゆくと》は、彼女が机の中から取り出したパンフレットを差し出され、

「どうぞ。座ってください」

何故《なぜ》か渡辺風花《わたなべふうか》の席の椅子に座らされた。

誰かの席で話し込む場合、席の主が自分の椅子に座り、他のメンバーは前や横の席を借りるか立ったまま話すものだと思うのだが、行人《ゆくと》は賓客の如《ごと》く渡辺風花《わたなべふうか》の席に座らされ、その傍《かたわ》らに立った彼女から覗《のぞ》き込まれる形になった。

「まずこれが、今回の菊祭りの出品者向けの応募概要です」

そう言って彼女が取り出したのは本人の言う通り菊祭りの出展者に向けたパンフレット。

ちなみに、出品者向けの解説と概要しか書いていないため写真はなく、細かい字だけ。

「板橋区菊祭りは今年で六十年目を迎え、毎年区外からも沢山の応募がある歴史あるお祭りです。出品できる花のカテゴリーはいくつかあって、切り花、福助《ふくすけ》、盆養《ぼんよう》、だるまあたりは、花の本数は少ないけどどっしりとした大菊を使います」

応募の締め切り日や主催者や事務局の問い合わせ先、そして出展するカテゴリーとレギュレーションの説明だった。

「は、はあ……」

高校に入って以来最も女子と接近しているシチュエーションなのだが、この立ち位置と書類は完全に応募者と案内の係員であり、このままでは行人《ゆくと》が次回の菊祭りに出品させられてしまうし、多分授業が始まるまでに『アツモノキリバナ』が何なのか分からない。

「ここまでで何か質問はありますか？」

「その、渡辺《わたなべ》さんの作品の『アツモノキリバナ』のことなんだけど……」

「え？　あっ！」

「え？」

「そ、そうだよね！　そういう話だったよね！　ごめんなさい、大木《おおき》君が菊祭りに興味を持ってくれたのが嬉《うれ》しくて、しっかり解説しなきゃって思っちゃって！」

アツモノという聞き慣れない単語の詳細を尋ねただけで、まさか祭りの概要と出品手続きの解説から始まるとは思わなかった。

「えっと、えっとね、私が出品した切り花はこういう厚物《あつもの》って呼ばれる丸くて大きい『大菊』を既定の高さに切って筒に挿すの」

そう言って渡辺風花《わたなべふうか》が差し出してきたスマートフォンには、ひな壇のような場所に並ぶ色とりどりの菊の写真が表示されていたが、行人《ゆくと》が見た巴錦《ともえにしき》ではなく別の展示スペースにあった菊だった。

「右の丸いのが厚物《あつもの》。この傘みたいに広がってるのが管物《くだもの》。奥にある鉢はまた違うものなの」

「そうだったんだ」

菊祭りのときには、分厚い花びらと細い花びらは同じ花なのだろうかと疑問に思ったものだが、なるほどこうして解説されると菊には行人《ゆくと》が知らない多様な品種があったということらしい。

「何かあれだね、全然違うかもしれないけど、花火みたいだ」

「っ！　そ、そうなの！」

行人《ゆくと》が写真について素直な比喩をすると、渡辺風花《わたなべふうか》はまた目を見開きスマホを握りつぶさんばかりに意気込んで、ぐっと行人《ゆくと》に顔を近づけてきた。

間違いなく人生で最も女子と顔が近づいた瞬間で、行人《ゆくと》の心拍数と血圧が急上昇する。

「私も初めて見たとき、花火みたいって思ったの！　実際に花火には『菊』とか『八重芯菊《やえしんぎく》』って名前のものがあって、菊ってそれくらい日本人の心に親和性のある美しさでそれで……あっ！　あれ？　えーと、えーと！　あれっ⁉」

そこで渡辺風花《わたなべふうか》はスマートフォンを更に操作しようとしたのだが、画面を凝視したまま慌てた表情になる。

「どうしたの？」

「わ、私の出品した菊の写真を見てもらおうと思ったのに、充電できてなかったみたいで」

淡い緑色のカバーがかかったスマートフォンをこちらに向けると、そこには真っ暗な画面に無情に表示される電池切れのマーク。

行人《ゆくと》もたまにスマホの充電を忘れることはあるが、今時のスマホはよほど長時間動画を見たりゲームをしたりしなければ、丸二日くらい電池が持つものだ。

それが充電を一度忘れたくらいでこんな朝早くに電池切れを起こすとは、意外にもスマホのヘビーユーザーだったりするのだろうか。

「これで二日連続なの……充電忘れたの」

するとそんな行人《ゆくと》のちょっとした疑問を先回りしたように、渡辺風花《わたなべふうか》はしょげ返った声で言った。

「そ、それはなかなかのうっかりだね」

一日充電を忘れたら、翌日はバッテリー残量にヒリついた一日の末に一も二もなく充電をすると思うのだが、こうなると逆に今時の女子高生らしくなく普通よりもずっとスマホを使わない人なのかもしれない。

「あ、でもこんなときのために予備バッテリーを持たされててね……！」

ここで今時の高校生らしくきちんとセーフガードを用意していた。

だが行人《ゆくと》は未来を予知する。

二日連続でスマホの充電を忘れる女子高生の予備バッテリーが、果たしてこの非常事態に即応できるほどしっかり充電されているものだろうか。

「あれ？　お、おかしいな。充電始まらない」

案の定というか、取り出された予備バッテリーの充電残量はゼロだったようだ。

先ほどまでの誇らしげな様子はどこへやら、意気消沈した渡辺風花《わたなべふうか》は消え入りそうな声で言った。

「ごめんなさい。折角興味持ってもらえたのに、菊、見せられなくて……」

消沈のあまりそのまま床を突き破って物理的に沈んでいきそうに見えたので、

「あ、あのさ、実はこれ！」

行人《ゆくと》は慌てて『それ』を差し出した。

「これって……あ」

L判の写真を収めるための透明なOPP袋。

その中には菊祭りで撮影した渡辺風花《わたなべふうか》の巴錦《ともえにしき》の選《え》りすぐりのカットが二枚、入っていた。

「私の菊の写真を、どうして大木君《おおき》が？」

渡辺風花《わたなべふうか》は驚きのあまり何度も写真と行人《ゆくと》を見比べる。

「実は俺、その菊祭りに行ったんだ。そこで渡辺《わたなべ》さんの菊と名札を見て、もしかしててって思って、それで、その、そしたら今日、表彰されたから、やっぱりそうだったのかな、って」

そこまで言ってから行人《ゆくと》は、目を丸くしている渡辺風花《わたなべふうか》の顔を見て、突然自分がとんでもなくキモい行動に及んだのではないかという考えに至った。

これまで特に交流が無かったのに急に声をかけ、本人が出そうとした写真を予《あらかじ》め持っていて、分かっていたように差し出したのだ。

ことによれば、行人《ゆくと》が渡辺風花《わたなべふうか》に何らかの下心を持って接触したように見えなくもない気がして、行人《ゆくと》はつい言い訳がましく言葉を続ける。

「俺の家、樋川神社《ひかわじんじゃ》から近くで、この日はたまたま近くを通って、本当、偶然にこの菊を見つけて、ほ、他にも色々撮ったんだけど、もしかしてって思っただけで……！」

それこそ傍目《はため》に見れば拙《つたな》い言い訳を重ねれば重ねるほど怪しくなるのが自分でも分かるが、吐いた言葉は取り消せない。

そしてそれに対する渡辺風花《わたなべふうか》の反応は、ある意味で行人《ゆくと》の想像を更に超えたものだった。

「そっか！　大木《おおき》君って写真部だったよね。もしかして撮影の練習しに行ってたの？」

「知ってたの⁉　俺が写真部だって」

何度も言うが、自分と渡辺風花《わたなべふうか》の間には今日このときまでほとんど交流がなかった。

それなのに彼女が自分の所属する部活を知っていることに、行人《ゆくと》は強い衝撃を受けた。

「先月の文化祭で写真部の展示の前を通ったとき、大木《おおき》君の写真をたまたま見たの。夏休み前に学校の東門の花壇に咲いてたアジサイと、赤と白のニチニチソウ！」

「そこまで覚えてくれたの？」

「花がとても綺麗《きれい》に写った写真だったから、この人はもしかして花が好きなのかなって思って、それで撮った人の名前を見たら、あ、クラスメイトの大木《おおき》君のだ、って」

そう言って微笑《ほほえ》むと、渡辺風花《わたなべふうか》はＯＰＰ袋に入った写真を両手で顔の前に上げると、まるでそれに口づけするような仕草で上目遣いに行人《ゆくと》を見た。

「この菊の写真、もらっていいの？」

「もっ……もちろんっ！」

声が上ずった。上ずらざるをえないほどに動揺したのだ。

「やった。やっぱり得意な人がちゃんとしたカメラで撮ると綺麗《きれい》に写るんだね。私のスマホの写真、もっとへぼへぼだったから、恥かいちゃうところだった」

心から嬉《うれ》しそうな笑顔が、自分の撮った写真を大切そうに抱きしめていた。

撮った写真を褒められたことは何度かあった。

だが、家族以外の誰かのために写真を撮ったのも、その本人に喜んでもらったのも、行人《ゆくと》には初めてのことだった。

「ありがとう大木《おおき》君。写真、大事にするね」

「う……んっ」

まるで咳《せき》でもしたような上ずった返事を行人《ゆくと》は激しく後悔した。

何故《なぜ》ならこの瞬間、行人《ゆくと》はこれまで全く交流の無かった渡辺風花《わたなべふうか》に、恋をしてしまったのだから。

◇

「だから、去年の菊祭りの表彰のときからずっと、渡辺《わたなべ》さんのことが好きだなって思いながら学校に来てました」

「あ、あう……そ、そうだったんですか……」

行人《ゆくと》も渡辺風花《わたなべふうか》も、もはやお互いの顔を見ることができず、ゆだったタコのように顔を真っ赤にして自分の膝だけを見ていた。

「だ、だからね！　魅力がどうとか、写真のモデルになった人にみんなにそんなこと言ってるんじゃないかってさっき言ってたけど、ある意味正しくて、渡辺《わたなべ》さんにしか言ってないというか、渡辺《わたなべ》さんだから言ってたというか」

「あう、分かったから、その、あんまり恥ずかしいこと言わないでください～」

「いや、その、俺は聞かれたことを答えてるだけで」

「で、でも今の話のどこで、私のことをす、す、好きになったって……」

「だから言ったじゃないか。表彰されたときと、写真を受け取ってくれたときの笑顔がきっかけだって」

「は、はううう……」

渡辺風花《わたなべふうか》は強い光に当てられたかのように顔を覆って背けてしまう。

「ただ、もちろんそのときはこんなこ、こ、告白、しようだなんて大それたこと考えてなくて、でも、その後……渡辺《わたなべ》さん、園芸同好会を園芸部に昇格させたでしょ。それで何というか、より好きになってしまったというか」

「え？　どうして部活が関係あるの？」

「その頃、写真部の三年生が引退して俺一人になったから」

恥ずかしがっているなりに真剣な行人《ゆくと》の声色に、渡辺風花《わたなべふうか》もはっとなる。

「写真部には俺の一個上の先輩がいなくて、一年生も俺一人だった。写真部は去年の冬には俺一人の部活になってたんだ。でも……」

園芸同好会は、現役高校生が地域の伝統行事に貢献したという実績でもって園芸部に昇格し、渡辺風花《わたなべふうか》はその部長となったのだ。

「何もできずに流されるまま一人部長になった俺と違って、同好会を実績で部に昇格させて、部長になった渡辺《わたなべ》さんは、本当に眩《まぶ》しくて……本気で尊敬もしてるんだ！」

「わ、分かりました！　分かりましたから！　ふー、ふー、ふー……」

全力疾走した後のように上がった息を整えながら、渡辺風花《わたなべふうか》は上目遣いで行人《ゆくと》を見た。

「そ、それであの……それで終わり……ですか？」

「っ！」

促されている。間違いなく。

行人《ゆくと》はごくりと唾を呑《の》み込み、意を決すると制服の膝を握りしめ、緊張で吐き気すら催しながらそれをこらえて全力で言った。

「つっ……つっ……付き合ってほしいって、俺のかかっ、彼女になってもらえませんか！」

「へ、へぁあぁ……」

事ここに至り、渡辺風花《わたなべふうか》は急に足腰から力が抜けたようにその場にへたり込んでしまった。そして、あたふたと周囲を見回し、意味も無く首に掛けたタオルで口の周りを吹いたりしてから、たっぷり何十秒も沈黙した。

その時間が、行人《ゆくと》にとっては何十時間にも、ほんの一瞬にも感じる。

行人《ゆくと》の本気の覚悟から来た言葉を、ようやく頭の中で咀嚼《そしゃく》できたのだろう。

渡辺《わたなべ》は上目遣いになりながら聴き返した。

「わわわ、私なんて暗くておしゃれじゃないし人見知りで、それに……」

「そ、そういうとこも好きなんだよ！」

「へぁっ！」

「あ、いやその。悪く言うつもりじゃなくて、でもその、こういう言い方は変かもだけど、外見で好きになったわけじゃないんだ！　でも好きになると外見含めて全部好きになっちゃったんだから仕方ないんだ！」

「えっと、うう、えっと、その……」

無様に過ぎる告白だ。だが、それでも嘘《うそ》は一切ない。

「あの、あのね、変な声出してばっかりでごめんね……い、嫌なわけじゃなくて、ただ、ど、どうしたらいいか、何て言っていいか分からなくなっちゃってて……」

それはそうだろうと思う。

好意的に接してもらっていたという自負はあるが、それも学校に限った話であり、お互い知ってることが多いとは言えない間柄だ。

そのことに思い至り、微《かす》かに冷静さと自己嫌悪《けんお》が湧き上がるが、もはや時は戻せない。

そしてまたしばらくの沈黙。

言葉を探している様子が、もしかしたら拒否の言葉を探しているようにも見えた行人《ゆくと》の方が沈黙に耐え切れなくなった。

「グリーンフィンガーズ、って言うんでしょ？」

「えっ？」

「園芸が得意な人の事を英語でも日本語でも『緑の指』って。俺、渡辺《わたなべ》さんの力と生き方を尊敬してるんだ。園芸のことを話したりやったりしてるときの笑顔が好きなんだ！」

口が勢いで動き、何だか血圧が上がって、視界も歪《ゆが》んできているように思う。

それでも、今この瞬間告白しきらねば一生後悔するという思いが行人《ゆくと》を動かしていた。

「お、落ち着いて。分かりました。分かりましたから……」

「ご、ごめん……！」

勢いよく行きすぎて、がっついていると思われてしまっただろうか。引っ込み思案な部分のある渡辺《わたなべ》を、怖がらせてしまっただろうか。

思わず目を伏せてしまった行人《ゆくと》に、震えるが、それでも明るい声がかかる。

「驚いたけど……嬉《うれ》しいです。大木《おおき》くんの、気持ち」

「えっ……！」

「でも……私達、まだお互い、知らないことが沢山あると思うんです。だから……」

でも、BUT、HOWEVER、逆接の接続詞。俯《うつむ》く行人《ゆくと》の心に、暗い影が落ち、ついでに地面に冷や汗が落ちる。

「あ……」

「ゆっくり少しずつ、お互いを知りながらお付き合いをしていくので、いいですか？」

「……………………………………え」

拒否の言葉が飛んでくると思った。

だが、続いた言葉は、これから少しずつお互いのことを深く知って行こうという前向きな言葉のように思えた。

「そ、それって……」

声が、震える。

心に一瞬さした闇が、急激に光に満ち、晴れ渡る。

「大木《おおき》くん……これから、よろしくお願いします」

天地開闢《てんちかいびやく》。

その瞬間の行人《ゆくと》の心の中を表現するに最もふさわしい言葉は『天地開闢《てんちかいびやく》』を於《お》いて他にな

かった。

人生に新たな地平が開けた音がした。五感全てが研ぎ澄まされて世界全てと同化し、それでいて今正面にいる渡辺風花《わたなべふうか》の全てに集中しているような不思議な感覚。

そして、今や杞憂《きゆう》であった暗い予感に俯《うつむ》いたままだった行人《ゆくと》の視界に、渡辺《わたなべ》の小さく愛らしい右手が差し出された。

それは、好きになった人に想《おも》いを受け止めてもらえた、奇跡と幸運の象徴だ。

行人《ゆくと》は、乱暴にならないようにその手を取り、握り返した。

小さくて、暖かくて、優しくて、強い手だった。

「あ、ありがとう渡辺《わたなべ》さん！」

そして、顔を上げた。

「これからよろし………！」


その時起こったことを、どう説明すればよいのか、行人《ゆくと》は分からなかった。

「え、誰？」

目の前にいたはずの渡辺風花《わたなべふうか》が消え、代わりに見たことのない『顔』があった。

ジャージの胸には『渡辺《わたなべ》』と刺繍《ししゅう》が入っている。

目を逸《そ》らしこそしたが、目の前でへたりこんだ渡辺《わたなべ》の膝はずっと見えていた。

声だって、ずっと渡辺風花《わたなべふうか》の声しか聞こえていない。

それなのに、行人《ゆくと》が顔を上げたら、そこには朴訥《ぼくとつ》で愛らしい渡辺風花《わたなべふうか》の顔ではなく、風になびく絹糸のような金髪と、翠緑《すいりょく》の瞳、透き通るような肌、そして長い耳介を持つ女性の顔に変わっていたのだ。

「「え？」」

タオルもそのままだ。

だが、顔がもう、見間違いようもなく違う。

いや、顔というかもう、首から上の何もかもが違う。

だから、一度言ったことをもう一度言った。

「え、誰？」

「お、大木《おおき》くん、どうしたの？」

「いや、いやいやいや、え、え⁉　わ、渡辺《わたなべ》、さん⁉　渡辺《わたなべ》さんっ⁉」

「な、なぁに？」

なぁにじゃない。こんなドッキリマジックがあってたまるか。

渡辺風花《わたなべふうか》はどこに消えたんだ。いや、違う。渡辺風花《わたなべふうか》の声はここにある。

首から上、顔と髪が変わってしまっているのだ。

全く見覚えのない顔から渡辺《わたなべ》の声が聞こえるが、顔が違うと声まで違って聞こえるような錯覚に陥る。

いや、本当に見覚えはないか？

顔そのものに見覚えはないが、この顔を構成する要素には、覚えがある。

この世の者とは思えぬ美しい面差し、アッシュゴールドの髪、エメラルドの瞳、そして最も特徴的な、長い耳。

「エルフ……だ」

長い寿命。それ故の知識と魔力。他種族から一線を画す美貌。自然を愛し人界から距離を置く、長い耳を持つ人型の異種族、或《あ》いは妖精、或《あ》いは神の眷属《けんぞく》。

現代日本に生きる人間なら、アニメ、漫画、ゲーム、映画、小説などで一度はその概念に触れ、ビジュアルを見たことがあるであろう、架空の種族。

「もしかして私の……見えちゃった？」

好きな女の子に恋の告白をしてＯＫをもらえたと思ったら、不測の事態でパンツを見た男みたいなことを言われた。

この説明だけで行人《ゆくと》の目の前で起きた事態を全て把握できる人間がいたら、きっとそれは神かこの悪質なドッキリの首謀者だ。

「いや……いやこれ、何が起こったの？　渡辺《わたなべ》さんはどこに行ったんだ？」

「混乱させちゃってごめんなさい。でも……私が渡辺風花《わたなべふうか》です。それが私の本当の姿なの」

「いや、本当の姿も何も……渡辺《わたなべ》さんは日本人なので、どんなマジック使ったのか分からな……分かりませんけど、渡辺《わたなべ》さんはどこに行ったんですか」

見知らぬ顔相手なのでつい敬語になってしまう。

「だから私が渡辺風花《わたなべふうか》なの！　大木《おおき》くん！　顔を見ずに、私の声を聞いて！」

「うわあああああ渡辺《わたなべ》さんの声ぇ‼」

足元にあった植木鉢が唐突に持ち上げられて一瞬目の前の顔が隠れ、告白の緊張で研ぎ澄まされた行人《ゆくと》の耳ははっきりと渡辺風花《わたなべふうか》の声を捉えたのだ。

だが目を開くとそこには植木鉢で隠しきれない金髪と長い耳。

行人《ゆくと》の混乱は頂点に達する。

「いやいやいや！　いやいやいやいやいや！　信じられないって！　エルフなんているわけないだろ⁉　渡辺《わたなべ》さんはどこ行ったんだ⁉」

「どうしたら信じてくれるの！」

植木鉢の陰から恥ずかしげに顔を出した絶世の美女にそんな悲し気な顔と声で言われて、行《ゆく》人《と》は悪くないはずなのに謂《いわ》れのない罪悪感を覚えてしまう。

だが、好きな人に告白をＯＫしてもらえたと思ったらエルフに変身された行人《ゆくと》にも大いに同情の余地はある。

好きになった女子の正体がお忍びのアイドルだったとか、幼い頃に別れた幼馴染《おさななじみ》だったというのなら、飼っていた子猫が大きくなったらライオンでした、程度の衝撃で納得できる。

だが好きになった女子の正体がエルフでした、は、飼っていた子猫が大きくなったらプテラノドンでしたというレベルに、言葉通り次元が違う事象なのだ。

「だ、だって、どう見たって別人だし……」

「いつも魔法で姿を変えているの！　でも大木《おおき》くんが今見ているのがきっと私の本当の姿で、だから私が去年の秋からずっと、園芸や写真のことで楽しくお話しした渡辺風花《わたなべふうか》なの！」

「いや……でも……」

「大木《おおき》くん……言ってくれたよね。外見で好きになってくれたわけじゃない……って」

「っ！」

行人《ゆくと》は思わず息を呑《の》み、改めて目の前のエルフを見、歯を食いしばって俯《うつむ》いてしまう。

いくら外見を好きになったわけではないといっても、物には限度がある！　普通とは違う意味で！

「確かに……そうは言ったけども！」

だがそれでも渡辺風花《わたなべふうか》を好きになった入り口はあの素朴な笑顔で、園芸を通じて触れた渡辺《わたなべ》の素朴な心を経て、外見もまた恋の対象になったのだ。

だが、ここまで見た目が別の人間（かどうかも分からない存在）になってしまうと、『大切なのは外見ではなく中身』とかいう言葉で収めることなどできはしない。

元の面影が一切合切《いっさいがっさい》消失した、完全なる別人の顔なのだ。

例えば、頭がアンパンでできている子ども達のヒーローがいたとしよう。

アンパンの頭を更新してパワーを回復し続けることで長年子ども達に愛されてきたのに、あるときから何の説明もなく頭が大トロ握りになったら、同じキャラクターとしてこれまで通り子ども達に愛されるだろうか。絶対に無理だろう。

アンパンも美味《おい》しいし大トロ握りも美味《おい》しいが競技の土俵が違いすぎるし、お腹《なか》が空いてアンパンを食べたがっている子どもに大トロ握りを与えたら、食べるかもしれないが、これじゃないと言われることは必定《ひつじょう》だ。

「もちろんアンパンも大トロも愛しているけども！」

「えっ⁉　な、何？　アンパンと大トロ？」

渡辺風花《わたなべふうか》を名乗るエルフは、パニックに陥っている行人《ゆくと》の目にもはっきり美人だと分かる。

街中で男がこのエルフとすれ違えば、耳介の形状の違和感すらさて置いて十人が十人、その美貌に振り返るだろう。

だが行人《ゆくと》は、エルフを美人だと思っても好きにはならない。

好きになったのは、誰もが振り返るような万人受けする美貌ではなく、それでも行人《ゆくと》にとって唯一無二の魅力に満ちたあの笑顔なのだ。

「あ、あのさ。魔法で姿を変えてたって、言ってたよね、さっき」

「え、あ、うん……アンパンと大トロ……？」

「ならその魔法で元の姿に戻れないの？　俺が知ってる、渡辺《わたなべ》さんの姿に」

震える声で現実を受け入れようとする行人《ゆくと》のその提案への回答は、残酷だった。

「それは私には無理なの。私もまさか大木《おおき》くんに見えちゃうなんて思わなかったから……」

「そんな……」

「……でも、嬉《うれ》しかった。本当に嬉《うれ》しかったんだ。大木《おおき》くんが、私のこと、好きだって言ってくれて。だって私も……」

「え？」

渡辺風花《わたなべふうか》の声で、渡辺風花《わたなべふうか》と違う姿の人間がもじもじと胸の前で両手を組む。

「私ね、実は去年の菊祭りでの後に仲良くなるよりも前、一年生で同じクラスになったときからずっと大木《おおき》くんのこと、気になってたの」

「えっ？」

「大きな木で行人《ゆくと》、ゆくと、ユクト……。すごく、ユグドラシルっぽい名前だな、って！」

「顔赤らめて何をワケの分かんないこと言ってるの」

「言われたこと……ない？」

「空前絶後だよ。もじもじしながら溜《た》めて聞くほど予想できないことじゃないでしょ」

ユグドラシルという名詞はもちろんエルフと同じ程度には知っているが、原典でどういう存在なのかきちんと調べたことはなかったし、自分の名前と関連づけたこともない。

「それじゃあ大木《おおき》くん……もう私のことは、好きじゃなくなった、ってことなの……かな」

このときばかりは、真剣に言葉に詰まった。

渡辺風花《わたなべふうか》のことが好きな気持ちに変わりはない。そして今目の前で起こったことと、目の前にいるエルフが言うことを総合すると、信じがたいことだがこのエルフが渡辺風花《わたなべふうか》であることを否定する材料は、無いと言えば無い。

だが……。

「本当にエルフだって言うなら、分かってほしい。正体がエルフだなんて信じるか信じないかって言われたらやっぱり信じられないし、信じたとしても訳が分からな過ぎて……」

「大木《おおき》……くん」

「ごめん。自分から告白しておいて申し訳ないけど、落ち着く時間が欲しいんだ……」

普通ならば、告白した側が保留を要求するなど非難されてしかるべき言動だが、仕方がないではないか。

行人《ゆくと》は地面に置いたカメラを手に取り力なく立ち上がるが、渡辺風花《わたなべふうか》を名乗るエルフは悲し気な様子で行人《ゆくと》を見あげ、そして目を伏せ頷《うなず》いた。

「そう……だよね」

その悲し気な声に、行人《ゆくと》は耐えられなかった。

「今日の写真……現像、するから」

そしてそのまま、返事も聞かずに駆けだした。逃げたのだ。

仕方がないじゃないか。エルフだぞ。好きな人の顔が、何の心の準備も無く全く違う顔になったのに、平静でいられる方がおかしいじゃないか。

あれ以上、何が出来たのか、何を言えたのか。

考えても考えても何も分かるはずがない。

告白は大成功だったはずなのに、どうしてこんな訳の分からない気持ちになるんだ。

行人《ゆくと》は呆然自失《ぼうぜんじしつ》のまま帰路につき、途中、いつも利用している大手カメラ店のある交差点で立ち止まる。

手に握ったままのカメラを見下ろすと、フィルムを撮り切っていないがそのまま現像に出した。

一時間ほどして仕上がった写真の中では、行人《ゆくと》が好きになった『渡辺風花《わたなべふうか》』が笑顔を輝かせていた。

行人《ゆくと》は泣きそうになりながらカメラ店を飛び出し、帰宅すると写真を勉強机の上に放り出して、着替えもせずにベッドに飛び込み、頭を抱え膝を抱え、夕食も食べずに意識を失うように眠りについた。

夢は見なかった。これでもし渡辺風花《わたなべふうか》が夢に出てきてくれたら、夢の中だけでも幸せな気分に戻れたのだろうか。

◇

まるで泥の中にいるような目覚めだった。

昨日の出来事は全て悪い夢だったのではないだろうか。スマートフォンを見ても、渡辺風花《わたなべふうか》からは何のメッセージも入っていなかった。

記憶の通り制服のまま寝てしまっていたので、昨日のことは現実だったのだ。

だが、よくよく考えるとやはりエルフは無い。あり得ない。無い。無い。無い。

そんなことを思いながらシャワーを浴びて予備の制服に着替えたものの、重い気持ちが食欲を失わせ朝食も喉を通らず、日頃から自分で作っている昼食用の弁当も今日は作る気力が湧かず手ぶらで家を出てしまった。

昨日現像した写真を丁寧にＯＰＰ袋に入れると、亡霊のように生気の無い足取りで家を出て、いつの間にか学校に到着する。

「あ、おい行人《ゆくと》、ういーす」

すると昇降口のところで、同じ中学から入学した友人でクラスメイトの小宮山哲也《こみやまてつや》が声をかけてきた。

「おお……ああ、哲也《てつや》か。……はよ」

「何だ、体調悪いのか？　顔色白いぞ？」

顔色が悪いことは自覚しているが、とはいえその理由を説明する気にはならなかった。

クラスメイトの女子に告白したことも、その女子がエルフに変身したことも、他人に話をすればただただ面倒を巻き起こすとしか思えない。

「風邪流行《はや》ってるみたいだし気をつけろよ。そういやさっき渡辺《わたなべ》さん見たんだけど、渡辺《わたなべ》さんもなんか顔色悪かったな」

「え？」

「行人《ゆくと》お前、ここんとこ園芸部手伝ってんだろ？　もしかして渡辺《わたなべ》さんから風邪うつされたんじゃないか？」

「い、いや、そんなことはないと思うけど……」

「風邪うつされるような手伝いしてんのか？　ああ？」

「風邪うつされる手伝いってどんなだよ！　それより哲也《てつや》！　ちょっと聞きたいんだけど！

渡辺《わたなべ》さんどんな様子だった⁉」

「は？　いや、だから何だか顔色が悪そうだったって」

「顔色とかそういうことじゃなくて！　いや顔色もこの場合重要なんだけど！」

「何なんだよ」

「渡辺《わたなべ》さんに何か変なとこなかったか？　こう、一目見ただけで明らかに普通じゃない、みたいなさ！」

「そんなこと言われてもな。本当に遠くからちらっと見ただけだし、ちょっと見ただけで変か変じゃないか分かるほどの付き合いないから……どうした、何でそんな急に明るいんだ？」

「い、いや。やっぱり昨日は、俺がどうかしてたんだなって」

「はあ？　え？　何だ？　渡辺《わたなべ》さんが体調悪いって話で何でお前が元気になるんだ？」

哲也《てつや》が混乱するのも無理はないが、行人《ゆくと》が明るくなるのもまた無理はない。

昨日の渡辺《わたなべ》の激変ぶりは、付き合いがあるとかないとか遠目とか近くでとかそういう次元じゃなく、人類であれば一目で気づかなければおかしいレベルの変化だった。

だから哲也《てつや》の見た渡辺《わたなべ》は何の違和感もない姿をしていたと判断するべきだ。

昨日のあれは、過剰な緊張が引き起こした白昼夢だ。幻覚なのだ。

「いや、何でもないんだ！　ちょっとな、昨日写真が上手《うま》くいかなくてガラにもなく凹《へこ》んでてさ！　コンテストの締め切り近いから、ナーバスになってただけなんだ！」

「ふーん。まあ、いいけど」

不思議そうに眉根を寄せる哲也《てつや》を置いて、行人《ゆくと》は意気揚々と教室に向かう。

昨日のことは無かったことにして、もう一度告白を繰り返してもいいくらいの気持ちで、教室の扉に入った行人《ゆくと》は、

「お、おはよう、大木《おおき》くん」

美貌のエルフが渡辺風花《わたなべふうか》の席に縮こまって座っているのを目にして、

「エルフじゃんっ!!」

『エルフの渡辺《わたなべ》』と、彼女をスルーしている哲也《てつや》と教室のクラスメイトに、全力で突っ込まざるをえなかったのだった。

chapter_2

002

The Elf Named Watanabe

VOL-1

第二章

渡辺風花はそわそわしている

#エルフの渡辺　#電撃文庫

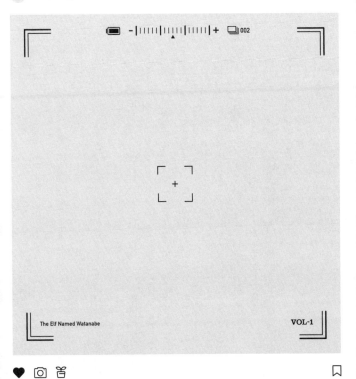

「エルフじゃんっ!!」

思わず叫んだ突っ込みの対価は、既に登校していたクラスメイト全員からの怪訝《けげん》そうな視線だった。

日本人の若者は、多かれ少なかれ空気と雰囲気と視線の裏にある意図を読む能力を持っている。

行人《ゆくと》の、比較的自分でも優れているという自負のある空気読みセンサーがそれらの視線を分析したところ得られた結論は、今この教室でおかしいのは、急に叫んだ自分だけだということ。

即《すなわ》ち、エルフが制服を着て教室にいて渡辺風花《わたなべふうか》の席に座っていることを疑問に思っている生徒は一人もいないと考えるべきだということだ。

「……！　……！」

そして何よりそのエルフ本人がしきりに行人《ゆくと》にアイコンタクトを送ってきているのだ。

『混乱は承知だが騒ぎ立てると不利になるのはそちらだぞ』と。

いや、あのエルフが本当に渡辺風花《わたなべふうか》本人だと仮定した場合、

「クラスのみんなには私の今の姿が見えていません。そういう魔法です。混乱させて本当にごめんなさい。でも信じてください」

というところだろうか。

「ん？」

そんな想像をしたときにポケットの中でスマホが震え、手に取ると渡辺風花《わたなべふうか》のアカウントからメッセージがポストされてきていた。

『カラスの皆《み》んなには私の居間の姿が見えて居間せん。そういう魔法を遣われています。混乱させて本当ニゴメンナサイデモシンジテクダサイ』

「あー」

見るとエルフの渡辺《わたなべ》が自分のスマホとこちらを交互に見ながら慌てふためいてもじもじしている。

急いで打ったメッセージの誤字や予測変換のミスに気づき、意図が正確に伝わっているか不安になっているのだろう。

「あー、あー」

送られてきたメッセージは、変換ミスだらけではあるがほぼ行人《ゆくと》の想像通りのものだった。

自分の渡辺風花《わたなべふうか》に対する解像度の高さに驚くと同時に、視界に映るエルフの姿が解像度とかそれ以前の問題なので、また行人《ゆくと》は眩暈《めまい》がしてきた。

それでも行人《ゆくと》は必死の気力でそのメッセージに返信し、一気に脱力して自分の席に向かう。

エルフの渡辺《わたなべ》をちらりと盗み見ると、彼女は行人《ゆくと》とスマホを交互に見ながら、少しだけ表情を明るくしていた。

その表情には明らかに安堵《あんど》が含まれていることに、行人《ゆくと》は微《かす》かな罪悪感を覚える。

その罪悪感の正体を、行人《ゆくと》は今のこの瞬間だけは見て見ぬふりをした。

意識を別のことに向けようとして、行人《ゆくと》はつい鞄《かばん》の中にあったカメラを取り出そうとし、そのカメラもまた渡辺風花《わたなべふうか》と密接に関わることであることを思い出してしまう。

「なぁ行人《ゆくと》」

「うわっ」

そのとき突然死角から哲也《てつや》が声をかけてきて、行人《ゆくと》は鞄《かばん》ごとカメラを取り落としそうになり、そのせいでカメラ以外の鞄《かばん》の中身が床にこぼれ出てしまう。

「驚かすなよ」

「悪い悪い。でもさっき急にどうしたんだよ。いきなりインドの数学者の名前叫んで」

「誰もラマヌジャンとは言ってない！」

エルフのことを叫んだことは知られたくなくともラマヌジャンは違うだろうとつい突っ込んでしまった行人《ゆくと》は、そのせいで床に散らばったあるものを回収するのが一手遅れた。

「あれ？　行人《ゆくと》これ…………これ……おい行人《ゆくと》、これ……」

「あ」

哲也《てつや》が拾い上げたのは、ＯＰＰ袋に入った渡辺風花《わたなべふうか》の写真だった。

「これ、お前……」

「盗撮じゃないからな」

哲也《てつや》が何を言い出すか分からないのでとりあえず牽制《けんせい》しておくと、哲也《てつや》の眉間の皺《しわ》が一段階深くなる。

「それは疑ってねぇよ。視線思いっきりレンズに向いてるしな。むしろ盗撮じゃねぇから問題なんだよ」

「は？」

「お前さ、何写真にかこつけて渡辺《わたなべ》さんと距離縮めてるわけ？」

「はあ？」

渡辺風花《わたなべふうか》の写真とともに距離を詰めてくる哲也《てつや》に、行人《ゆくと》は思わず身の危険を感じる。

「渡辺《わたなべ》さんの良さに気づいてんのがお前だけだと思うなよ」

「……はあ」

「この写真の存在が明るみに出れば全校の隠れ渡辺《わたなべ》ファンを敵に回すぞ？」

「ん？　何？　全校の何？　隠れ渡辺《わたなべ》ファン？」

色々ツッコミどころはあるが、初めて聞く単語を思わず尋ね返してしまう。

「渡辺《わたなべ》さんの良さを知ってるのは自分だけだと思ってる男子の集団だ」

「何だよその悲しさが極まった集団は」

自分自身が渡辺風花《わたなべふうか》に恋をして告白までしているので哲也《てつや》の言うような男子が他にいること自体は不思議ではない。

だが『渡辺《わたなべ》さんの良さに気づいているのは自分だけ』と思っている孤独な思想の男子が何故《なぜ》か集団として哲也《てつや》に認識されているという矛盾と虚無が渾然一体《こんぜんいったい》となった『隠れ渡辺《わたなべ》ファン』なる存在に、行人《ゆくと》はある種の畏怖を抱かずにはいられなかった。

何せ行人《ゆくと》自身も『渡辺風花《わたなべふうか》の良さに気づいているのは自分だけ』と思っていた男子の一人なのだから。

彼らと違うのは、渡辺風花《わたなべふうか》との関係の構築に当たって臆さず隠れなかったことと、告白という行動に出たこと。

そしてそのせいでガチの『誰も知らない渡辺風花《わたなべふうか》の真実』らしきものを知ってしまったことだ。

「どうした行人《ゆくと》。頭を抱えて」

「いや、ちょっと自分の置かれている状況に混乱して」

「怖いか。俺達『隠れ渡辺《わたなべ》ファン』の存在が」

「マジで怖いよそれは。いや、そうじゃなくて……」

「だったら吐け。どういう経緯で渡辺《わたなべ》さんの写真を合法的にこんな撮っていいことになった？　ことによったら総勢二十名を超える隠れ渡辺《わたなべ》ファンが黙っちゃいないぞ」

「多いのか少ないのか判断に迷う数やめろ。そのことは哲也《てつや》には前話しただろ？　その写真は今度写真部としてコンテスト……に、あ」

「何だよ」

「いや、ちょっと」

行人《ゆくと》は哲也《てつや》の手から渡辺風花《わたなべふうか》の写真を奪い返し、エルフの渡辺《わたなべ》に今のやり取りが聞こえていないかどうか様子を窺《うかが》う。

するとそ向こうは向こうで、膝の上に手を置きながら必死にこちらに顔を向けないようにしながらも瞳の動きを司《つかさど》る外眼筋《がいがんきん》の全てを総動員してこちらを横目で見ていた。

その横顔を見ると、特徴的な長い耳と不思議な色の髪がよりはっきりと観察できた。

そして全力の横目で行人《ゆくと》を見ていたエルフの渡辺《わたなべ》は、行人《ゆくと》と目が合うとさっと目をそらしてしまう。

その隙を突いて、行人《ゆくと》はスマホのカメラを起動してエルフの渡辺《わたなべ》に一瞬向ける。

「マジか」

盗撮を否定した手前あまりいい気分はしなかったが、それでもスマホのカメラに捉えられたエルフの渡辺《わたなべ》の姿は、画面の中でだけ渡辺風花《わたなべふうか》の姿に戻っていたのだ。

どんな仕組みなのかは分からない。

まだエルフ云々《うんぬん》を受け入れたわけでもないし、自分の目や脳が異常を起こしたと考える方がまだ現実的だと思っている。

だがともかくエルフの渡辺《わたなべ》の『魔法』とやらを破ったのはどうやら行人《ゆくと》の目だけであり、ス

マホのカメラのレンズにもきちんと『魔法』が効いているらしい。

ということは、これから先はカメラ越しに見続ければ、とりあえず渡辺風花《わたなべふうか》の姿を捉えることはできるということである。

「いやそれじゃ何も解決しないだろ」

「は？」

いくらカメラ越しならこれまで通りの姿を見ることができるからと言って、常にカメラ越しに相手を見るわけにもいかない。

それこそスマホ用VRゴーグルでも常に装着したまま生活しないと、渡辺風花《わたなべふうか》の姿を捉えることはできないということではないか。

そんなことができる学校は今のところ地球上のどんな文化圏にも存在しまい。

それでもこの仕様は今後の大きなヒントだ。

被写体の大きさや距離に応じてレンズを入れ替えるのはカメラの基礎だ。

あのエルフの渡辺《わたなべ》の正体を見極めるためにも。

そして宙ぶらりんになってしまった渡辺風花《わたなべふうか》への恋を成就《じょうじゅ》させるためにも。

少なくともスマホ越しにエルフがいつもの渡辺風花《わたなべふうか》に見える、という事象は重要事項として記憶しなければならない。

「だからそれじゃ何も解決しないっ！」

そこまで考えてから、一体何がどう重要なのか頭の中で整理しきれず再びのセルフ突っ込みが炸裂《さくれつ》してしまい、

「おい、本当大丈夫か？　実はマジで具合悪かったりしないか？」

謎の存在をちらつかせて謎の脅迫をしてきた哲也《てつや》は、苦悶《くもん》の表情で頭を抱える行人《ゆくと》の様子が思いがけずシリアスだったためか、渡辺風花《わたなべふうか》の写真を名残り惜しそうに眺めながら自分の席に戻って行った。

すると、行人《ゆくと》が一人になるのを見計らったようにエルフの渡辺《わたなべ》が意を決して立ち上がり、行《ゆく》人《と》の机の横にやってきた。

「あの、えっと……お、大木《おおき》く～ん」

これまで迂遠《うえん》なコンタクトに終始してきたエルフの渡辺《わたなべ》が接近してきたので行人《ゆくと》はつい身構える。明らかに緊張した面持ちからして、もしかしたら今の今まで行人《ゆくと》に声をかける機会をうかがっていたのかもしれない。

小学生でももう少し綺麗《きれい》に棒読みするだろうわざとらしさで、エルフの渡辺《わたなべ》は行人《ゆくと》の机の上に戻った写真を覗《のぞ》き込んだ。

「わ、わあ、大木《おおき》くん、これって、もしかして、昨日の写真ー？」

「あ、う、うん、そうだけど……」

「そ、それで大木《おおき》くん、今日はどこでどんな写真を撮るのー？」

「えっ？」

「だ、だってまだ、コンクリートに出す写真は撮れてないでしょ？」

「コンクリート？」

「こん、こ、コン、コンサート」

「……コンテスト」

「そう、コンテスト！　ええとそれでね、今日の部活はちょっと昨日とは違うことやらなきゃいけなくて、だからもし今日も写真を撮るなら、えっと、その……あのね？」

用意してきたであろうセリフを間違いまくって声が少しずつ小さくなって、恥ずかしそうに少しずつ日が伏せられていった。

「相談したいことがあるので、一緒にお昼……食べませんか」

「あ……うん、分かった」

その瞬間、首に哲也《てつや》の嫉妬から生まれた怨霊《おんりょう》の手が纏《まと》わりついたような気がした。

理屈は呑《の》み込めていないことを丸ごと無視して、エルフが間違いなく渡辺風花《わたなべふうか》なのだと仮定した場合、総勢二十名以上いるらしい『隠れ渡辺《わたなべ》ファン』の嫉妬と羨望《せんぼう》を一身に受ける羽目に陥る。

「それじゃあ園芸部の部室でいい？　そこなら、誰も来ないから……」

だから周囲を刺激するような余計な一言を付け加えないでほしい。

多分だが、部活の相談云々《うんぬん》は周囲に怪しまれないための方便で、きっと改めて『エルフ』にまつわる色々を話そうということなのだろう。

それなら確かに誰も来ない環境が望ましいのだが、今この状況でそれを言うのは、男子人気を一身に集める女子が特定の男子を誰も来ない部室で一対一になるよう誘っているようにしか見えないのだ。

行人《ゆくと》は、隠れ渡辺《わたなべ》ファンの怨霊《おんりょう》がずっしりと肩にのしかかって来たかのように思えた。

「そ、それじゃお昼、部室でね？」

手を振って自分の席に戻ろうとするエルフの渡辺《わたなべ》を、行人《ゆくと》は思わず呼び止めた。

「あ、待って。一応これ」

差し出した写真をエルフの渡辺《わたなべ》は目で見たものの、受け取ることはしなかった。

「それも、お昼のときでいい？」

「あ、うん……それじゃあ」

頷《うなず》くエルフの渡辺《わたなべ》を見送った行人《ゆくと》の肩に、物理的な重さがズシリとかかった。

「ゆーくーとーくーーん？」

そこにのしかかっているのは、そのまま怨霊《おんりょう》に身を落としかねない昏《くら》い眼光を湛《たた》えた哲也《てつや》だった。

「誰も来ない部室……男女二人……カメラ……行人《ゆくと》……お前……」

「な、なんだよ」

「いいショットが撮れたら俺にもお裾分けはあるよなぁ？　俺達友達だもんなぁ？」

「ファンを自称する癖に裏ルートで写真を強請《ねだ》るような下衆《げす》を友達にした覚えはない」

「いいじゃねーかよ行人《ゆくと》ぉ！　そうじゃないと全国の隠れ渡辺《わたなべ》ファンが黙ってねぇぞぉ！」

「全校なのか全国なのかはっきりしろ。てかそのまま一生隠れててくれ」

行人《ゆくと》は欲望丸出しの哲也《てつや》の顔にアイアンクローを極めて引きはがす。

「痛《いた》……いててて、あれ！　お前以外と握力こんな強……いてててて！」

「こっちは、色々マジなんだからさ」

視線の先には、一時間目の授業の用意を始めるエルフの渡辺《わたなべ》の姿しか映っていなかった。

この世界の存在とはとても思えないのに、自分と全く同じ教科書と、どこにでも売っているようなノートとペンケースとシャープペンを用意して学校の制服を纏《まと》う、渡辺風花《わたなべふうか》を名乗るエルフの姿しか。

◇

ノックの回数には正しいマナーがあると、つい先ほど、スマホで調べた。

ノックの回数は二回、三回、四回があり、国際基準では四回、日本のビジネスシーンでは三回が正しいとされ、二回はトイレや空室の確認をするものだから相応《ふさわ》しくないらしい。

元々ノックの回数など無駄に強い力でドアを殴ったり百回も間断なく打ち込むような極端なことさえしなければ、一般的な礼儀を備えていれば悩むことはないものだと思うのだが、それでもこんなことを調べたのは、エルフという種族が現実に存在するのかも、と改めて考えてしまったからだ。

いや、実在はしているのだ。恐らく。きっと。自分のクラスに。まだ信じきれたわけではないが。

ともかく仮に目に見える現実を全て無条件に信じた場合、エルフの文化が人間と違うケースにふと思い当たったのだ。

日本では何の問題ない行動が別の国では逮捕される原因になることもある。逆も然り。もしかしたらこの世のどこかにあるエルフの世界では、ノック三回で扉を叩《たた》くのはその場で蛙《かえる》に変身させられても文句の言えない大罪である可能性も否定できない。

昼休み。園芸部部室。

校舎の片隅の、渡辺風花《わたなべふうか》が部を再興するまで倉庫として使われていた小さな部屋の、中の見えない金属扉を恐る恐る二回ノックすると。

「ぐぎゅるるるうううううううううう……」

海中で録音した鯨の鳴き声のような音が返ってきた。エルフ式の挨拶だろうか。

金属扉越しなのにしばらくドタバタと慌ただしく動く音が聞こえてきて、それからすぐにドアが内側からこちら側に向けて開く。

「い、いらっしゃい大木《おおき》くん。待ってたよ。どうぞ入って」

何故《なぜ》か冷や汗をかいたエルフの渡辺《わたなべ》が現れて、行人《ゆくと》を中に招き入れた。

同時に、先程の「ぐぎゅるるる」という重低音が響き渡る。

「どうぞ、好きなところに座って下さい」

「う、うん、お邪魔します。遅れてごめん。いつもは弁当なんだけど、今日は購買で」

「大丈夫だよ。こっちこそ急に誘ってごめんね」

古いパイプ椅子に座るエルフの渡辺《わたなべ》から、またぐぎゅるると重低音。

「ごめん、あの、大分待たせた？　もしかして凄《すご》くお腹《なか》空い……」

「そ、そんなこと、な、ないよ！　さ、さあとにかく食べよ！」

「あ、うん、いただきえっ⁉　デカっ‼」

普通に考えれば、ランチでご一緒する女子にそんなことを言うのはデリカシーに欠けおよそ褒められたものではない。それでもつい口を突いて出てしまうくらい、エルフの渡辺《わたなべ》が取り出した弁当は大きかったのだ。

もはや重箱だ。弁当箱などという生易しいものではない。三段重ねの赤い漆塗りの重箱がテーブルに乗っているのだ。

それだけでも圧巻なのに、更にエルフの渡辺《わたなべ》は重量感のあるクラフトペーパーバッグを取り出してて、ごとりという音を立ててテーブルに置くのだ。

「あの、大木《おおき》くん。あんまりじろじろ見ないでもらえると……」

向かい合って食べるのに無茶な注文だ。だが行人《ゆくと》が何か答える前にまたぎゅるるる音が鳴り響き、エルフの渡辺《わたなべ》はそれをかき消すようにパチンと音を立てて手を合わせた。

「い、いただきまーす」

明らかに一人で食べる量ではないので、行人《ゆくと》はほんの一瞬だけ、もしかして自分の分もあるのではないかというお花畑な思考に支配されるが、次の一瞬でその夢想は儚《はかな》く吹き飛ぶ。

上の段、一面ののり弁。中の段、一面の鶏から揚げ。下の段、一面のポテトサラダ。

コンビニのから揚げ弁当だってもう少し他のものが入っているだろうし、食い気優先の運動部ももう少し他の物を入れるのでなかろうか。

ロカボがもてはやされる現代の感覚に真っ向から反逆する内容に行人《ゆくと》が言葉を失っている間に、美貌のエルフは箸を構えると、全力で昼食に取り掛かり始めた。

「ち、ちなみにそっちの紙袋には何が入ってるの？」

行人《ゆくと》の問いに、エルフの渡辺《わたなべ》は美しい頬を真っ赤にしながら、その頬よりも赤いリンゴを丸ごと一個取り出してみせた。

まさかこの場で包丁やナイフを取り出してリンゴの皮剥《かわむ》きをするはずもなく、そうなるとこのリンゴは丸齧《まるかじ》りされることになる。

「昼にいつも教室にいないから知らなかったけど、いつもそんなに食べてるの？」

ついそんな疑問が口を突いて出た。

エルフの渡辺《わたなべ》も自分の昼食があまりに肉食系かつ豪速球過ぎる自覚はあるようで、消え入りそうになりながらも言葉を紡《つむ》ぐ。

「魔法をかけ続けられるのって凄《すご》くお腹《なか》が減るの。私、普段から魔法で自分の姿をこの世界の人の姿に偽装してるから、きちんと食べないと途中でエネルギー切れ起こしちゃうの」

思ったより切実かつ今の二人にとってはセンシティブな理由だった。

「だから一緒に食べる相手がなかなか……クラスに友達がいないとかじゃなくて、これを、あんまり見られたくなくて……」

言いながらものり弁とポテサラと唐揚げは間断なくエルフの渡辺《わたなべ》の口へと運ばれてゆく。

確かにこの光景は、あまり人には見られたくないだろう。

女の子らしくないとかいう話ではなく、エルフの渡辺《わたなべ》の体格でこれを食べる姿はもうエルフがどうこうを横に置いて、フードファイターとしての才能を見出《みいだ》されてしまうからだ。

渡辺風花《わたなべふうか》とエルフの渡辺《わたなべ》は、顔は変わっても体格は全く変化がない。

同世代の女子と比べ、平均よりやや小柄に見える渡辺風花《わたなべふうか》が三段重ねの重箱を食いつくしとどめにリンゴを丸齧《まるかじ》りすれば、その様子が動画に撮影されＳＮＳに拡散され、バズること間違いなしである。

見ているだけでお腹《なか》いっぱいになりそうな光景だが、それはそれとして米はつやつやと粒が立っており、ポテサラはきゅうり人参《にんじん》に枝豆まで入った豪華な拵《こしら》えで胡椒《こしょう》の香りも高く、から揚げはどうやら胸肉ももも肉を醤油《しょうゆ》と塩で味付けた四種類ある。それらを食べるエルフの渡辺《わたなべ》の顔は、いかにも美味《おい》しそうな顔だった。

行人《ゆくと》は思わずスマホを取り出すと、カメラを起動してシャッターを切る。

「ちょ、お、おおひふん！　いまひゃひん撮った⁉」

「何かテレビのＣＭみたいに美味《おい》しそうに食べるから、つい。それにちょっとこれ見て」

「んぐっ！　わ、私こんな顔して食べてるの⁉　もぉ……大木《おおき》くんの意地悪」

「いや、その顔なんだけどさ。カメラを通して見ると、エルフじゃなくなるのは……」

教室での秘《ひそ》かな実験の結果と同じく、写真でもりもり食べている女子は、エルフの渡辺《わたなべ》ではなく日本人、渡辺風花《わたなべふうか》だったのだ。

「姿を変える魔法が効かなくなったのは大木《おおき》くんの目だけだから。カメラとかビデオとかでも、私の本当の姿は映らないし記録することもできないの」

そう言って一息ついたエルフの渡辺《わたなべ》は、

「その魔法のことなんだけどね。大木《おおき》くん、ちょっとお手を拝借！」

「え？　は⁉」

突然箸を置くと行人《ゆくと》の左手を取り、自分の両手で握り込んだ。

「え⁉　え⁉　あの、ちょっと⁉」

女子にそこまでしっかりと手を繋《つな》がれたことなど、物心ついてから一度として無かったこと
なので、行人《ゆくと》は右手に持っていた購買のパンの袋を思わず取り落としそうになってしまう。

だがエルフの渡辺《わたなべ》はそれだけにとどまらず、行人《ゆくと》の指先を自分の額に当てたのだ。

「ん……お」

渡辺風花《わたなべふうか》とかエルフの渡辺《わたなべ》とかそういうことは関係無く、異性の手どころか顔面に触れるこ
との衝撃に、肉食動物に発見された草食動物の如《ごと》く凝固するしかできなくなってしまう。

だが、更なる衝撃が行人《ゆくと》を襲う。

指がエルフの渡辺《わたなべ》の額に触れているので、嫌でもそこに視線が集中し、金色の美しい髪がど
うしても目に入るのだが、その髪色が少しずつ黒くなってゆくのだ。

「え？　え？　あ！」

髪だけではなく、エルフの最大の特徴である耳が少しずつ短くなってゆき、見えていた額が
黒い前髪で隠れ始め、行人《ゆくと》が見慣れそれでも焦がれた渡辺風花《わたなべふうか》の姿に変わったのだ。

驚いている行人《ゆくと》の手をゆっくり放して、向けられた瞳と顔は、完全に渡辺風花《わたなべふうか》だった。

「どう……かな」

上目遣いに微笑《ほほえ》む渡辺風花《わたなべふうか》がやけに、薄暗い部室の背景から浮き上がって見えた。

いや、二人の間にあるテーブルの上の三段重箱も残りののり弁とポテサラと唐揚げも見えるし、いつのまにかエルフの頬についていたご飯粒もそのままだった。

「じ……」

「じ？」

行人《ゆくと》は、思わずその場にへたりこみそうになり、なんとかパイプ椅子に腰を落とした。

「情報量が多すぎる！」

迫真の突っ込みに、渡辺風花《わたなべふうか》は苦笑した。

「あ、あはは、説明したいけど言語化するの難しくて……どう？　私の姿、見えてる？」

『見えてる？』はおかしい気がするが、確かにエルフの姿が渡辺風花《わたなべふうか》の姿に戻っている。

「え、ええっと、見えてるよ」

「良かった。大木《おおき》くんの目は変身魔法を透過しちゃうから、大木《おおき》くんの『流れ』を覚えてそれに合わせてみたの。沢山魔力が必要だから今日はその分もいっぱいご飯食べなきゃなんだ」

ただでさえ情報過多なのに、流れって何だとか、何を何に合わせたのか、一瞬納得しかけたものの魔力とご飯に何の関係があるのかまだよく分からないとか更にツッコミどころが増えて、行人《ゆくと》は何から口を挟むべきか分からなくなってしまった。

「そ、それじゃあまずご飯をきちんと全部食べちゃおう」

「あ、う、うん」

行人《ゆくと》は突っ込みどころに突っ込めずにそわそわするが、何故《なぜ》か渡辺風花《わたなべふうか》もそわそわしており、行人《ゆくと》の返事も聞かずにさっと席に戻ると、再び唐揚げを口に入れた。

「ん、美味《おい》しい。大木《おおき》くんは、それって購買のパンなの？」

「まぁ、そうです」

行人《ゆくと》も袋からパンを取り出して机の上に出すのだが、カレーパン、焼きそばパン、シュガーラスクにコーヒー牛乳のパックだけ出すと、完全に見劣りする。

「そうなんだ。私全然購買使ったことなくて。そうだ、大木《おおき》くんもから揚げ、食べる？」

「だ、大丈夫。ありがとう」

見ているだけでお腹《なか》いっぱいになりそうな食事風景に眩暈《めまい》がしてきそうだ。

「ん？　んん？」

いや、実際に少し、視界が歪《ゆが》んでいるように見えるような気がする。

「ふぉれべね、かういんうぃひははっはんはれぼ」

「え？」

「もぐもぐくぉれからんもわらひをもべるいいあもぐもぐひゃいんおおうもりまの？」

「えっと、あー……うん。こうして普段の姿がカメラに映るんであれば……きっと俺はまだ、撮りたい……んだと思う」

何かが少し歪《ゆが》む視界を振り払いながら、行人《ゆくと》は口いっぱいにから揚げを頬張る渡辺風花《わたなべふうか》の発する音に、シリアスな顔で答えた。

するとと渡辺風花《わたなべふうか》は前髪に隠れがちな目を大きく見開いてから、口の中にあるものを落ち着いて咀嚼《そしゃく》し呑《の》み込んだ。

「お行儀悪いことした私も私だけど……よく分かったね、今の」

「渡辺《わたなべ》さんの声に対する解像度には自信があるんだ」

「へぐうっ？」

行人《ゆくと》の答えに、渡辺風花《わたなべふうか》は唐揚げを喉に詰まらせたような音を喉奥で立てる。

「ざっくりだけど今のは『それでね、確認したかったんだけど、もぐもぐ、これからも私をモデルにしたもぐもぐ写真を撮るつもりなの？』って言ったんだよね」

「……です。もぐもぐまで含めて百点です」

「よし！」

「何がよし！　なの！　も〜……恥ずかしいなぁ……あ！」

喋《しゃべ》りながらこの量を食べているのに、渡辺風花《わたなべふうか》のボディからあの重低音が再び響いてきた。

腹の音だ。

渡辺風花《わたなべふうか》は顔を真っ赤にしてお腹《なか》を押さえるが、その姿を見る行人《ゆくと》の表情は真剣だった。

「でも、今みたいな『無理』をしないで、その姿、維持できるの？」

「え？　あ……！」

眩暈《めまい》かと思った視界のブレは眩暈《めまい》ではなかった。

一度は額と指の接触で『渡辺風花《わたなべふうか》』の姿に戻ったその輪郭が、データが破損した動画のようにブレて欠けて歪《ゆが》み始めたのだ。

そして積み上げたドミノブロックが崩れるように渡辺風花《わたなべふうか》の姿が掻《か》き消《き》え、薄いガラスが割れるような音とともに、再びそこにはエルフの渡辺《わたなべ》が姿を現した。

「あぅ……あの、これは、ね」

一瞬で魔法が解けてしまったことにエルフの渡辺《わたなべ》は大きく動揺しているようだ。

金髪のエルフは顔を真っ赤にして、長い髪をかき集めて顔を隠そうとする。

「ど、どうして解けちゃったんだろ。魔力同調のためにいっぱい食べたはずなのに、あの、ごめんね大木《おおき》くん、元の姿に戻れば写真も撮り続けてもらえるかなって、それで……」

言葉が少しずつ尻すぼみになり、エルフの渡辺《わたなべ》は重箱の向こうで小さくなってしまう。

その姿を見て、行人《ゆくと》はまた昨日とは違う罪悪感に襲われた。

重箱の向こうからは髪と長い耳の端しか見えない。

顔が見えないから、分かることがある。

「渡辺《わたなべ》さん」

行人《ゆくと》は顔を赤くして隠れるエルフの名を呼んだ。

「……なぁに。大木《おおき》、くん」

消え入りそうな返事が、それでも返ってくる。

「俺の中学の音楽の先生がさ、コーラス部の顧問で人間の喉、声帯に詳しかったんだよ」

唐突に変わった話題に、エルフの渡辺《わたなべ》が戸惑うが、構わず行人《ゆくと》は話し続けた。

「だからなんかやたら歌のテストとかやりたがってさ。俺、歌が苦手なのと、その頃声変わりが始まって声がなんか変になって、人前で声出すの嫌な時期だったんだ」

「そうなんだ」

話の着地点がどこにあるのか分からないエルフの渡辺《わたなべ》は、相槌《あいづち》だけ。

「実際音楽で習ったことなんかほとんど覚えてないんだけどさ、一個だけ、すごく印象に残ってる雑学みたいな知識があってさ。いやまぁ、あれもきっと音楽的に重要なんだろうけど」

そう言うと、行人《ゆくと》は自分の喉に手を当てる。

「歌を歌うとき、高音は鍛えると伸びるけど、低音の限界は決まってるんだって」

「どういうこと？」

「精密に限界まで声帯を絞れれば、高音は理論上鍛え方次第でいくらでも伸びる。でも、低音は持って生まれた声帯以上に低くはならないんだって。だからさ」

行人《ゆくと》は少し身を乗り出した。

「俺、渡辺《わたなべ》さんの声だけは、聴き間違えない自信があるんだ」

「ふぇっ⁉」

机の向こうでうずくまっていたエルフの渡辺《わたなべ》は、しゃがんだ状態で行人《ゆくと》を見上げて目を見開く。

「さっき言ったでしょ。渡辺《わたなべ》さんの声の解像度だけは、高い自信があるって」

「う、あ、うん」

「まださ、渡辺《わたなべ》さんの言う『魔法』っていうのが何なのかよく分からないし、何で渡辺《わたなべ》さんがエルフなのかも分からないけど、声のおかげで、見た目が変わっても、渡辺《わたなべ》さんが渡辺《わたなべ》さんだってことだけは、ぎりぎり受け入れられてるんだ」

「大木《おおき》、くん……」

「で、さ。多分だけど、渡辺《わたなべ》さん、さすがに普段からこんなに食べる人じゃなかったでしょ」

　これは確認するまでもないことだが、フードファイターでもなければ一人で三段重箱なんて量を食べるはずがない。

「この量、どうやって用意したの？」

「それは普通に、早起きして自分で作ったの。から揚げは前の晩から仕込んでね」

　普通に手料理だという事実に思わず心がときめいてしまった。

　だがそれこそ魔法とやらでなんとかならなかったものなのだろうかとも思う。

　エルフの外見から受ける印象を裏切るちぐはぐさに、行人《ゆくと》は微笑《ほほえ》んでしまう。

「まぁとにかく、魔法なんてものが本当にあるとして、昨日の花壇と教室とそれとここでも、渡辺《わたなべ》さんの魔法はその見た目を誤魔化《ごまか》すもので形を変えてるわけじゃない。だって顔付きが変われれば、骨格も変わる。骨格が変われば筋肉や声帯だって変わるでしょ」

「う、うん」

「でも、声は変わってない。ていうことは」

行人《ゆくと》は重箱を避けながら更に身を乗り出して手を差し出した。

「今俺に見えている渡辺《わたなべ》さんの顔が、本物の渡辺《わたなべ》さんの顔なんでしょ」

「…………はい」

エルフの渡辺《わたなべ》は差し出された手を、反射的に握り返す。

正面から握手をする形になった二人。行人《ゆくと》は軽くその手を引くと、しゃがみ込んでいたエルフの渡辺《わたなべ》は引き上げられるように立ち上がり、やがて元居た椅子に腰を下ろした。

そこで行人《ゆくと》は手を離すと、両手の親指と人差し指で長方形をつくり、撮影する画角のアタリをつける仕草をしながらエルフの渡辺《わたなべ》の顔を指のフレームに収める。

「エルフが本当にいるのかとか、地球上にいるのかとか、魔法なんて本当にあるのかとか、あるならあるで正体隠して生活してるのはなんでかとか、今すぐ知りたいことは確かにいくつもあるけど、今見えてるのが渡辺《わたなべ》さんの本当の姿なら、また、その、好きになりたい」

「おお……き、くん……」

「え。えっ？」

行人《ゆくと》は思わず慌てて腰を浮かす。

何故《なぜ》なら、エルフの渡辺《わたなべ》が、驚いたような表情のまま、静かに涙を流し始めたからだ。

「ご、ごめん、俺、俺なんか良くないこと言った⁉」

「あ、う、ううん、違うの。ごめんね。おかしいな。でもね、凄《すご》く、嬉《うれ》しくて」

「え。え⁉」

「だ、だって、自分でもおかしいと思うもの。それに、エルフとまではいかなくても、友達が本当の姿を隠してるなんて、普通は不誠実でしょう。だから……多分、大木《おおき》くんにも、嫌われちゃったんだろうなって思……ってでぇ」

急にぽろぽろと涙をこぼして顔を覆うエルフ女子を紳士的に落ち着かせるスキルなど、高二のカメラ小僧には搭載されていなかった。

おまけに『本当の姿を隠してる友達』はそこまで普通の存在ではないので、どう反応していいのか分からずあたふたしてしまう。

「ぐすっ……ぐすっ」

渡辺風花《わたなべふうか》が行人《ゆくと》の前で泣いたことなど、これまで一度として無い。

それでも感情を抑えきれないこの声が渡辺風花《わたなべふうか》の声であることだけは、決して変わらなかった。

「ごめんね。もう、お昼休み、終わっちゃうね……ズビー」

しばらくして目じりを赤くしながらも泣きやんだエルフの渡辺《わたなべ》は、洟《はな》をかんで、それらを誤《ご》魔化《まか》すような笑顔を浮かべる。

「全然、大事なお話できなくて、ごめんなさい」

「いや、俺は……」

確かにこれからどのように渡辺風花《わたなべふうか》をモデルに写真を撮るか否か、ということについては全く話が進まなかった。

だが、コンテストの締め切りまでにはまだ時間があるし、今日が無理なら放課後の部活にでも話す時間はあるだろう。

そう思ったことを告げると、エルフの渡辺《わたなべ》は少し申し訳なさそうに眉根を寄せた。

「ごめんなさい。今日の部活は、ちょっとダメかもで」

「本当に何かいつもと違うことやるの？　いや、もちろん無理にとは言わないけど」

「うん、実は今年、一人だけだけど、園芸部に一年生が入ってくれたの。今日はその子が初めて部活に来る日で、撮影しながらだと、色々教えにくいから……」

「え！　新入部員！」

これには行人《ゆくと》も純粋な驚きと、それと祝意が心から湧いた。

高校の部活動は、結局のところ一世代でも人が入ってこないとあっという間に廃部の危機に陥る。

部に昇格したての園芸部はともかく、行人《ゆくと》の写真部など、去年の三年生にいくつかコンテスト入選の実績がなければ、行人《ゆくと》の一人部活になったところで即時廃部同好会に降格となってもおかしくないのだ。

現実に行人《ゆくと》の一人部活になった時点で部費は大幅に減らされており、今年中に部員が五人になるか大きな実績を示さなければ部費の出ない同好会へ降格するのも時間の問題だ。

だが行人《ゆくと》自身に人を集める才覚と努力が足りなかったため、二年生が始まってもうすぐゴールデンウィークも近づいてくるというのに、今のところ写真部を誰かが訪れることも、訪れた形跡もない。

それだけに同じ一人部活の園芸部に新入部員が入ったのは、他人事《ひとごと》ではあるが単純に嬉《うれ》しくもあり、少しうらやましくもあった。

「もちろんそういうことなら遠慮するよ。どう考えたって初日にカメラ構えた俺がいたら邪魔だもんな」

「べ、別に大木《おおき》くんが邪魔ってわけじゃないよ⁉」

「分かってる。ありがとう。でもやっぱり一年生には最初にその部が何をする部活なのか、きちんと丁寧に見せてあげないといけないしさ」

「うん。そうなんだけどね」

それでも少し申し訳なさそうにしているエルフの渡辺《わたなべ》に、行人《ゆくと》は言葉を重ねる。

「それは、俺が写真部で先輩にしてもらったことでもあるんだ。コンテストは写真部の事情で渡辺《わたなべ》さん……というか園芸部に無理言ってお願いしてることだし、園芸部の大切なことはお願いしてるこっちが大切にしないと」

「うん。ありがとう。もうその子にも、私が大木《おおき》くんの……つまり写真部の活動に協力してることだけは話してるんだ。だからその、えっと」

少しだけ言いにくそうに、それでもエルフの渡辺《わたなべ》は勇気を込めて言った。

「大木《おおき》くんがまだ私をモデルにしてくれるなら、すぐにまた撮影に入ってもらえると思う」

「……うん」

行人《ゆくと》は少し間を置いて頷《うなず》き、先程撮影した食事中の渡辺風花《わたなべふうか》の写真を見る。

「スマホが魔法の対象ってことはコンパクトデジタルカメラとかデジタルミラーレスとかフィルムカメラでも、写真を撮ると今のエルフの姿じゃなく、日本人の姿で写るの？」

「うん。そうじゃないと、学校の卒業アルバムとかでも、エルフの姿になっちゃうでしょ？」

「まあ、それもそうか」

「日本人の姿で写るなら、コンテストも大丈夫？」

「それは大丈夫だけど、俺が今使ってるカメラは撮る瞬間までは俺自身の目で対象をファインダーから捉えてるから、目で見た印象と現像した写真のイメージをすり合わせる練習はしなきゃいけないと思う」

「やっぱり混乱しちゃう？」

「多分、する。撮影の瞬間目で見てる姿形と実際現像される写真の姿形が変わっちゃうわけだから、実際それがどれくらい結果に影響するかは、回数を重ねて試してみないと分からない。だから……多分、振り出しに戻ったくらいの気分でいないとダメなんだと思う」

「でも、そう言ってくれるってことは、私がモデルのままでいいの？」

「俺としてはお願いしたい。渡辺《わたなべ》さんが良ければ、だけど」

行人《ゆくと》がそう告げると、エルフの渡辺《わたなべ》は微笑《ほほえ》んだ。

「渡辺《わたなべ》さん？」

その笑顔が、何故《なぜ》か見たことのないような笑顔だったので、行人《ゆくと》は一瞬確認するように尋ねた。

エルフの顔を見慣れないものとは違う、泣きはらした目の影響でもない、何か不思議な感情の色のようなものがあった気がした。

父のフィルム一眼があれば、もしかしたら『輝く被写体』だったりしたのだろうか。

「私こそ、大木《おおき》くんが良《い》いなら、続けさせてください」

だがエルフの渡辺《わたなべ》はその微かな心の香りをすぐにかき消し、悪戯《いたずら》っぽく笑って見せた。

「でももし私をモデルにするのが難しいって感じたら、そのときは遠慮しないで言ってね。大木《おおき》くんは園芸部の一年生を大事にしてくれたけど、大木《おおき》くんのコンテストだって大事なんだもの。私に無理にこだわって納得いく写真が撮れなかったら、本末転倒でしょ？」

「ああ。まぁそれは……でも、前にも言ったけど、渡辺《わたなべ》さん以外に引き受けてくれる当てもないし、俺が渡辺《わたなべ》さんを撮りたいってのも本音だしさ」

「隠れ渡辺《わたなべ》ファンだから？」

「うえっ⁉」

突然急角度からブチこんできたエルフの渡辺《わたなべ》に、行人《ゆくと》は奇声を上げてしまう。

「き、き、聞こえてたの⁉　哲也《てつや》との話！」

「エルフなので、耳は良《い》いんです。ふふ」

そう言うと、泣きはらした目の下の頬を少しだけ上気させる。

「ただ……ときどきクラスの男子から見られてることには気づいてたんだけど、小宮山《こみやま》君の言い方だと、私、結構あちこちから見られたって感じなのかな。何だか、恥ずかしいな」

「だ、大丈夫だよ！　エルフの姿を知ってるのは俺だけだし……！」

行人《ゆくと》のフォローになっているかなっていないかと言われたら確実にフォローになっていない一言に、エルフの渡辺《わたなべ》はまた小さく微笑《ほほえ》んだ。

「そのせいで今、大木《おおき》くんは困っちゃってるじゃない」

「いや、まぁ、そりゃ困ってないとは言わないけど、でも……」

「ふふ。それはともかく、もし本当に私をモデルにし続けるのが難しいと思ったなら、私が新しいモデルを紹介できるかもしれないから、そのときはちゃんと言ってね」

「渡辺《わたなべ》さんが紹介？」

「うん。さっき話した一年生の新入部員のこと」

「いいの？　勝手にそんな約束して」

「事情を話せば協力してくれると思う。礼儀正しい真面目な可愛《かわい》い子だよ」

「新入部員って女子なんだ。その言い方だと、もしかして元から知り合いな感じ？」

「同じ中学の後輩なの。また来てもらえるようになったらそのとき紹介するね」

ふと、渡辺風花《わたなべふうか》は思案顔で続けた。

「でも紹介したら、大木《おおき》くんすぐにモデルを乗り換えちゃうかも。どっちの私よりも可愛《かわい》い子だし、中学から男の子に何度も告白されたって言ってたからなぁ」

「どれだけ可愛《かわい》いか知らないけど、多分そんなことにはならないよ」

エルフの渡辺《わたなべ》の軽口に、行人《ゆくと》は真剣に反論した。

「俺はこのコンテストで渡辺《わたなべ》さんを撮りたいと思って撮ってるから」

「…………うん。そっか」

エルフの渡辺《わたなべ》は、穏やかに微笑《ほほえ》んでそれ以上は何も言わなかった。

そんな二人の空気を読んだように昼休み終了の予鈴が鳴る。

午後の五時間目の授業はここから五分後のチャイムで始まることになっている。

「ごめんね大木《おおき》くん。結局大した話もできなくて」

「そんなことない。話せてよかったよ」

「それじゃあ部活に来てもらえるようになったら連絡するね。先に教室に戻ってください。私、お弁当箱とか片付けないといけないから」

「わかった。それじゃあ、また」

「うん。………あ、大木《おおき》くん！」

部室を出ようとする行人《ゆくと》を、エルフの渡辺《わたなべ》は大きな声で呼び止めた。

「どうしたの？」

ドアノブに手をかけて振り向いた行人《ゆくと》に、エルフの渡辺《わたなべ》はこの日一番の笑顔で微笑《ほほえ》んだ。

「また、『渡辺《わたなべ》さん』って呼んでくれて、ありがと。すごく、嬉《うれ》しい」

「……俺は、ごめん。またそう呼ぶのに、時間がかかっちゃって」

「ううん。いいの、呼んでくれるだけで、十分」

何故《なぜ》か行人《ゆくと》はエルフの渡辺《わたなべ》のその笑顔を見ていられなくて、少し急いで扉を開け園芸部の部室を出た。

薄暗い部屋から明るい外に出たので一瞬視界が白く染まり、

「きゃっ！」

「あっ。ごめん！」

外の廊下にいた誰かとぶつかってしまった。

そこには驚きつつも険のある顔で行人《ゆくと》を睨《にら》みつける、派手めな装《よそお》いの小柄な女子がいた。

「ごめんなさい！　どこか痛めてないですか!?」

初めて見る顔だったので、同級生か上級生の可能性も考え丁寧に尋ねると、小柄な女子は一瞬、行人《ゆくと》の背後の園芸部部室の扉を見て、一段階険しさを強めた。

「何があったか知りませんけど、そこの扉重くて固いんだから、そんなに勢いよく出てこないでください」

「あ、う、うん、ごめん、本当に。怪我《けが》とかしてないといいんだけど」

声も険しいが、明らかに自分に非がある状況なのでここは平謝りするしかない。

「次から気をつけるから、本当、ごめん」

「次からとかいいです、センパイはもうその扉使わないでください。それじゃ」

一方的に言われるがままだった行人《ゆくと》は冷や汗をかきながら、今のやり取りがエルフの渡辺《わたなべ》に聞かれていないか、心配を掛けなかったかどうか不安になり、一瞬扉を振り返った。

エルフの渡辺《わたなべ》が出てくる気配はなかったので、行人《ゆくと》は足早に教室へと戻る。

一応誰にもぶつからないように注意しながら教室に戻ると、何故《なぜ》か哲也《てつや》が不満そうな顔で行《ゆく》人《と》に体当たりしてきた。

「痛っ！　何だよ！」

「昼休みはお楽しみでしたね！」

「何がだよ！　今後の部活のこと話し合いながらメシ食っただけだよ！」

「へっ、どうだかな。あの分厚い扉の向こうでナニしてたんだか。あんな門番まで用意して、そんなに俺の出歯亀が怖いか！　怖いと思うことやってたのか！」

「堂々と覗《のぞ》き行為宣言するお前はマジで怖いよ。っていうか、何だよ、門番って」

「あ？　トボけんなよ。あれは写真部か？　園芸部か？　めっちゃ可愛《かわい》いちょっとギャル入った一年生の子が、園芸部の部室の前で周囲をドスの効いた目で睨《にら》んでて、誰も中には入れねぇって感じだったんだぞ。後輩パシってナニしてたんだ？　エエ⁉」

「……人聞き悪いことしか言わない奴《やつ》には、待ち受けになりそうな渡辺《わたなべ》さんの写真は見せてやらない」

「嘘《うそ》だってマジ嘘《うそ》だってごめん許してくれ行人《ゆくと》！　もう悪いことしないから！」

「どっちにしろすぐ消すって約束してる画像だから。残念でした」

　軽薄オブ軽薄な哲也《てつや》を自分の席に押し返した行人《ゆくと》は、ふとスマホに表示された、『部室の渡《わた》辺風花《なべふうか》』の画像を見る。

「消すって約束だったもんな」

　行人《ゆくと》は、エルフの渡辺《わたなべ》を撮ったはずのその画像を、約束通りに消去した。

◇

「分かってない。やっぱ何にも分かってない、あのセンパイ」

五時間目開始のチャイムが鳴る中『めっちゃ可愛《かわい》いちょっとギャル入った一年生』の女子は、廊下を踏み抜かんばかりの足音を怒り任せに立てていた。

「風花《ふうか》ちゃんも高校入って気が緩みすぎだよ。なんであんなの部室に入れてるの」

そして自分の教室に戻った一年生の女子は、

「小滝泉美《こたきいずみ》さん？　もう授業始まりますよ。早く席についてᅟ」

五時間目の授業の担当教諭にやんわりと注意されて自分の席につく。

だが小滝泉美《こたきいずみ》と呼ばれた少女の瞳は授業にまるで集中せず、昏《くら》い闘志に燃えていた。

「あんなのが風花《ふうか》ちゃんの彼氏になるなんて、私は絶対認めない」

chapter_3

003

The Elf Named Watanabe

VOL-1

第三章

渡辺風花はスムージーが飲みたい

#エルフの渡辺　#電撃文庫

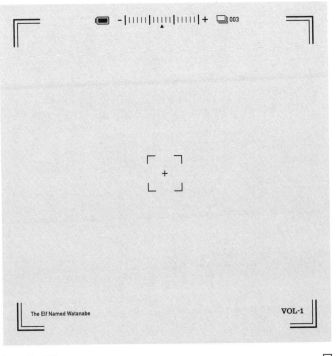

「行人《ゆくと》。お前今日も園芸部行くのかよ」

放課後、授業が終わった教室で、行人《ゆくと》は哲也《てつや》に声をかけられた。

「いや。今日は俺が顔知らない新入生が来るみたいだから遠慮した」

「ふーん。じゃあ帰るん？」

「いや。今日は写真部の部室行こうかなって。ここんとこ掃除サボってたからさ」

「そっか。どうなんだよ写真部の方は。お前も部長だろ。新入部員入りそうなのか？」

「いやあ望み薄」

行人《ゆくと》は残念そうに肩を竦《すく》める。

「そっちは今年、大量入部したんだろ？　やっぱ実績あるスポーツ部は違うな」

哲也《てつや》はバレーボール部に所属していた。

昨年の春高バレー東京予選三位という過去最高の成績を出したためか今年は例年になく大勢の後輩が入ってきたようで、時々一年生相手に先輩風を吹かせている姿を見ることがあった。

「まあなあ。多いのはいいんだけど、何人か今すぐレギュラー入りできるんじゃねーかってのがいて、二年でギリギリベンチにしがみついてる俺はちょっとビビってるよ」

「頑張れよ。夏の大会の応援、行けたら行くから」

「それ絶対来ねぇ奴《やつ》じゃん」

「行けたら行くって。それじゃ」

「おーう」

手早く荷物を纏《まと》めて足早に去っていく行人《ゆくと》を見送ってから、哲也《てつや》も部活に向かう準備を始めようとすると。

「お？」

見慣れない女子が教室を覗《のぞ》きこんでいることに気づいた。

渡辺風花《わたなべふうか》の良さを見抜いたことに定評のある哲也《てつや》アイが、その女子が素晴らしい美少女であることにいち早く気づくと、アウトサイドヒッターとして鍛えた瞬発力を駆使し、一瞬で距離を詰めていった。

「どうしたの？　誰か探してるん？」

「え。うわ」

女子は驚いたように半歩身を引いたが、すぐに人好きのする笑顔になって小首をかしげて上目遣いで哲也《てつや》を見上げた。

「はいそうなんですー、渡辺風花《わたなべふうか》先輩、いらっしゃいますか？」

「渡辺《わたなべ》さん？」

哲也《てつや》は意外な名前に目を瞬《またた》かせ、教室に軽く目をやる。

「いや、いないな。もう部活行ったんだと思うけど、もしかして君、園芸部の新入生？」

女子のリボンが今年の一年生を示すブルーのラインが入ったストライプ柄だったのでそう問

うと、その女子は曖昧に頷《うなず》いた。

「そんなところです。扱いはまだ仮入部なんですけど」

「へーそうなんだ。俺、小宮山哲也《こみやまてつや》。今年の男バレのスタメンレギュラーになるから、名前だけでも覚えて帰って！」

「あはは、面白い人ですねー。そんなことより渡辺《わたなべ》先輩がいないならー」

哲也《てつや》がねじ込んだ自己紹介を軽くいなした一年女子は、すっと目を細めて低い声で尋ねた。

「大木行人《おおきゆくと》って人、いますか？」

「行人《ゆくと》？　行人《ゆくと》は……え？　行人《ゆくと》？」

「写真部の部長さんだって人、いますよね。このクラスに」

「いるけど……なんで？」

哲也《てつや》の問いには、同級生男子としてのカオスな疑問が凝縮されていた。

うっかり軽口を叩《たた》いてしまったが、落ち着いて向かい合うとこの女子はちょっとなかなか見ることのできない美少女だ。

ややウェーブがかかった肩まで伸びたツインテールは、あざとい一歩手前で踏みとどまる絶妙なバランスであり、瞳の色は碧眼《へきがん》と勘違いするほどの深い怜悧《れいり》なグレー。

小柄だが男の視線を集める肢体が完璧に制服にマッチしていて、基本欲望に忠実な哲也《てつや》が、思わず喉を鳴らすのを我慢するほどだった。

「なんで？」

「お話ししてみたいんですよ。大木《おおき》センパイと。それじゃいけません？」

怜悧《れいり》な鋭い瞳に、哲也《てつや》は気づいた。

この子は、昼休みに園芸部の部室の前で仁王立ちしていたあのギャルだ。

「その感じだと教室にはいないんですね。どこにいるんです？　大木《おおき》センパイは」

「しゃ……写真部の部室行くって、言ってたけど」

「そうですか。どーも。ありがとうございまーす」

必要なことは聞いたとばかりに軽く会釈《えしゃく》すると踵《きびす》を返《かえ》してしまう。

「あ、あの、場所分かる？　送ってこうか？　写真部」

「大丈夫でーす。分かるんで」

投げかけた軽い言葉は、その軽さを証明するかのように振り返りもせず弾《はじ》き飛《と》ばされ、

「なんでぇ？」

哲也《てつや》は色々と納得がいかない様子で呆然《ぼうぜん》と立ち尽くしたのだった。

◇

「か、仮入部⁉　本当に⁉」

「はい！　私、写真に少し興味があって」

部室の入り口に現れたどこか見覚えのある女子に向かって、行人《ゆくと》は思わず、その場で手を合わせ跪《ひざまず》きそうになった。いや、跪《ひざまず》いていた。

「あ、あの、どうしたんですか？」

「なんだか、後光が差しているように見えて」

新年度が始まって久しいが今のところ写真部には新入生どころか仮入部希望者すら存在しない始末だった。

現実問題として、行人《ゆくと》に一学年上の先輩がいないことからも分かる通り、写真部は例年新入部員の獲得に苦労していた。

卒業した三年生は人数も層も豊かでそれぞれに色々なカメラや写真の知識・知見を持っていたが、先輩曰《いわ》くその圧が強すぎて行人《ゆくと》に先輩を作ってやれなかったのだと詫《わ》びられたことがあった。

「部員は俺一人で、仮入部すら申し込みが来たことなかったから、本当、感動しちゃって」

「一人って……それじゃあ外で活動してるとき誰か来ても分からないじゃないですか」

「一応対策はとってたんだけどね」

部室の外にはご自由にお持ちくださいのチラシと『入部・仮入部希望者はこちらへ』と行人《ゆくと》に直通するメッセージアプリのＱＲコードを掲示しているのだが。

「まぁ、来ないよね」

「でしょうね。相手がどんな顔してるかも分からないのにいきなり直通はちょっと」

「い、一応新入生向け部活ガイダンスのときに顔出しはしたんだけどね」

自分でも目立つタイプの顔立ちではない自覚はあるし、教員の許可を取って卒業したばかりの元三年生が応援に来てくれたりもしたのだが、結果はご覧の有様《ありさま》だ。

「ごめんね、挙動不審で。こんなこと言ったけど、まずは気楽に体験してもらえればと思ってます。じゃあとりあえず、クラスと名前教えてもらっていい？」

問いかける行人《ゆくと》に、女子は蠱惑《こわく》的な笑みを浮かべて言った。

「はぁい。一年Ｃ組の、小滝泉美《こたきいずみ》って言います」

◇

エルフの渡辺《わたなべ》は、園芸部の部室で一人、静かに座って待ちぼうけしていた。

「おかしいなぁ。泉美《いずみ》ちゃん、もう来てもいいはずなんだけどなぁ」


「それで、写真部ってどんなことやってるんですか？」

小滝泉美《こたきいずみ》と名乗った一年生女子の問いに対する行人《ゆくと》の答えはシンプルだった。

「基本は撮りたい写真を撮りたいカメラで撮ってるだけかな」

「おお、そのまんま」

「もちろんコンテスト目指してとかカメラ関連の勉強会とかやらないわけじゃないよ。実際俺も今、コンテスト目指した写真撮ってるし」

「ああ、コンテスト。なるほどです」

泉美《いずみ》の目が少し細まったことに、行人《ゆくと》は気づかなかった。

「まぁ今じゃ俺一人だから勉強会もクソもないし、今日は折角仮入部に来てもらえたんだから、普通に撮影の実践しようかなと思うんだけど、小滝《こたき》さん、写真に興味があるって話だけど、例えばこんな写真が好きとか、どんな写真を撮ってみたいとか、ある？」

「んー、まあ興味があるといってもそこまで本格的に知ってるわけじゃないんですけど、やっぱどうしても、こういうことになっちゃいますよね」

そう言って泉美《いずみ》が取り出したのはスマートフォンで、少し遠慮がちに続けた。

「スマホでSNS用の写真とかじゃ、ダメですか？」

「全然そんなことないよ。でも何でそんな疑問を？」

「いやあ、なんか写真とかカメラにうるさ……こだわりある人って、SNSに写真上げてる若い人とかスマホの写真でイキるの、嫌いそうなイメージありません？」

泉美《いずみ》の持つそのイメージも、完全に間違いとは言い切れない部分があるにはある。

「別に俺はそんなことないし、どっちかと言うとカメラや写真にそこまで興味ない人の方がそういう偏見持ってる感じがするけどね。そうだ、最近撮ったSNS用の写真とか、見せてもらえたりする？」

「はい。ええと、これなんてどうですか？」

泉美《いずみ》がスマホに表示したのは、コーヒーショップのムーンバックスで先週まで販売されていたドリンクだった。

「おお、いいね。ムンバのスプリンググリーンラテか」

カップを中心に据えて、背景は店内だろうか。基本を押さえた良《い》い構図の写真だった。

「え……こういうのチェックしてるんですね。ちょっと意外です」

「SNSで映えてバズる写真って、つまりは多くの人目を引く写真ってことでしょ？　それってつまり広告効果が高い構図ってことで、写真で身を立ててる人はみんなそういう写真を撮ってるんだ。だったら、そういう流行はある程度押さえとかないとね」

「あー、そういう考え方もあるんですね」

「じゃあ、それやってみる？」

「え？」

「それ。スマホでSNS映えする商品撮影。確か今週から、桜モチーフのスムージーが発売されてたよね」

「そんなのでいいんですか？」

「今時写真を撮ろうと思ったら避けては通れないジャンルだよ。あーまあその……」

ここまでそれなりの熱を持って語っていた行人《ゆくと》が、ふと何かに怯《おび》えるような顔になる。

「その場合、俺と二人でムンバに行くことになるから、男と二人でそんなことしたくないって思うなら、基礎的なことは一緒だから学校の食堂で自販機のペットボトルとかで同じ撮影ができるけど……どうする？」

「あー……あー、なるほど、そういうことですか」

一瞬訝《いぶか》しんだ泉美《いずみ》は、すぐに悪戯《いたずら》っぽい笑顔を浮かべる。

「私は別に大丈夫ですよ。むしろ、センパイこそいいんですか？」

「え？　何が？」

「知り合ったばかりの後輩女子と二人でムンバでデートとか、彼女さんが怒りません？」

「彼女？　い、いや俺別に彼女とかいないよ？」

「へぇ」

泉美《いずみ》の笑みが深くなる。

「へぇ！　意外！　凄《すご》く手慣れた感じで誘われた気がしたんで、てっきり女の子慣れしてるのかなって、そしたら彼女さんいるって思うじゃないですかー」

「お、女の子慣れ？　何言ってるんだよ！　むしろ慣れてない方だよ！　か、カメラオタクだし、ムンバも最近やっとビビらずに入れるようになったくらいで」

「分かりました。そんなに慌てないでくださいよ。そういうことにしておいてあげますから」

「しておいてあげるもなにもそういうことなんだけど……まあいいや。それじゃあ行こうか。上板橋《かみいたばし》の方のムンバに、いい席があるんだ」

「はーい。よろしくおねがいしまーす」

　そうして二人は連れ立って、写真部の部室を出て、学校から歩いて五分と少しのムーンバックス上板橋《かみいたばし》店に向かう。

「あれ？　そう言えば小滝《こたき》さん帰りの荷物は？　一度学校出たら戻るの面倒じゃない？」

「大丈夫でーす。私ここ終わった後も少し学校で用事があるんで、出かけるなら身軽な方が」

「ふーん。そうなんだ。写真部以外に仮入部しようとしてるとことかあるの？」

「あーはい。まあ、その、ええっと、将棋部とか囲碁部とか？」

「へー、写真に将棋に囲碁かぁ」

「あとは園芸部とかですかねー」

「園芸部？」

　ある意味意外な名前が出てきて、行人《ゆくと》は思わず目を見開いた。

「どうしたんですか？　そんなに驚いて、意外ですか？」

園芸部の名前に驚いたことを見抜かれたのか、また泉美《いずみ》は少し笑った。

「おじいちゃんの影響なんですー。全部おじいちゃんが好きなジャンルで」

「あ、ああ。そういう……」

「おじいちゃん、なんだっけ、ええと、道楽モノ？　ってやつで、家に高価な将棋盤とか盆栽とか古いカメラとかいっぱいあって、私そんなに運動は得意じゃないけどそういうのに触れてきてはいたから、何か関係する部活はやりたいなと思ってて」

「へー。なるほどなー。まあ俺は写真部部長だからできればおじいさんのカメラを生かす方向に進んでもらいたいけど、どの部活に入ってもおじいさんは喜んでくれそうだね」

「そうかもですねー」

そんな雑談をしている間に南《みなみ》板橋高校《いたばしこうこう》の生徒もよく利用するムーンバックスに到着した。

「あ、テラス席空いてますよ」

「いいね。とりあえず座っちゃおう。今日の部活のテーマは新作商品のＳＮＳ映えする写真だから、新作のアレでいい？」

行人《ゆくと》が指さす先には、春の新作、ブロッサムホワイトスムージーの看板があった。

「いいですけど、あの、お金は？」

「今日は仮入部で来てくれた後輩への勧誘活動だから、部費が使えるんだ。俺の金ってわけじゃないけど、まぁ仮入部時だけのログインボーナスだと思って」

「ログボって。でもなるほど分かりました。じゃあご馳走《ちそう》になります」

「うん。待ってて。サイズはトールでいい？」

「はい」

行人《ゆくと》はサイズの確認を取ってから注文の列に向かう。

泉美《いずみ》は手を振ってそれを見送り、行人《ゆくと》が行列に並んでこちらを見ていないことを確認すると、体から力を抜いて椅子のひじ掛けに寄りかかりながら、つややかな肌の足を組むとすっと笑顔を消して、氷のような目で行列に並ぶ行人《ゆくと》を睨《にら》んだ。

「女とのおでかけに妙に慣れてるじゃん。益々《ますます》気に入らない」


「あれ？　センパイはアイスコーヒーなんですか？」

テーブルの上には、大粒のチェリーが花のように載せられたトールサイズのブロッサムホワイトスムージーとアイスコーヒーのカップが二つ並んでいる。

「まあ俺は部長なのと、あとプラカップじゃなくグラスに入った飲み物も欲しかったんだ」

「はあ」

いまいち要領を得ない様子の泉美《いずみ》に、行人《ゆくと》は自分のスマホを取り出し言った。

「まず、ＳＮＳ写真は『５Ｗ１Ｈ』のどれを重要視するかで撮り方が変わるんだ」

「それって英語のあれですか？」

「そう。いつ、どこで、誰が、何を、何故《なぜ》、どのように。この六要素にどれだけ被写体パワーを配分するかで出来栄《できば》えが変わるイメージ。まあ究極これは写真全般に言えるんだけどね」

「何ですか被写体パワーって」

「先輩の受け売りなんだけどね。例えばさ、このどこの店で買っても同じようなアイスコーヒーと、新作スムージー。それぞれ一つずつ、他のものができるだけ画面に入らないようにSNSに投稿するために好きな構図で撮ってみてもらえる？」

「あー……はい。ええと」

眉根を寄せながらも、泉美《いずみ》はとりあえず素直にスマホのカメラを起動し、それぞれのカップを写真に撮る。

「撮れた？　そしたらそれをSNSに投稿すると考えたとき、どっちがいいねを稼げそう？」

「それは新作スムージーじゃないんですか？　アイスコーヒーはテーブルが茶色だから画面全体茶色になって全然映えてないというか、コメントつけようがないというか」

「だね。その通りだと思う。同じ構図で撮るとき、どの被写体がより印象深いかって感覚を、うちの部では被写体パワーって呼んでるんだ」

行人《ゆくと》は自分でもそれぞれのカップを写真に撮ると、画面を泉美《いずみ》に向ける。

「これは本当に『何を』に特化した状態の写真。本当に『被写体としてこれを撮りました』ってだけの写真。まぁこれでも例えば『ムンバで新作スムージー飲みました』って言えばどこで、と誰が、が補完されるけど、写真単体で見ると『何を』に特化してる。じゃあ今度は、新作の方を手に持って自分の顔も映るように自撮りしてもらえる？」

「自撮りですか、インカメでいいんですか？」

ややもったりとした動きで、泉美《いずみ》は自撮りしてみる。

「……見ないでもらえます？」

「いや、大事なことだから」

「……やりにくいんですけど」

言いながら仕方ないといった感じで、泉美《いずみ》は新作スムージーが入るように自撮りをする。

「見せてもらえる？　へえ、良く撮れてるね」

「どうも。それでこれがどうしたんです？」

「この写真。さっきの５Ｗ１Ｈのうち、何が重要されていると思う？」

「……あ。あー。そういうこと」

泉美《いずみ》は問いの意味を察して、小さく頷《うなず》いた。

「この写真投稿するときは『新作飲んだー』的なこと書きますけど、実質これの被写体は『ムンバで新作飲んでる自分』ですね」

「そう。この写真の被写体パワーが最もあるのは『誰か』。次に『どこで』であって、本文に書かれる『何を』じゃない。この写真は別にアイスコーヒーでも成り立つんだ。何故《なぜ》なら主体が自撮りしてる本人に被写体パワーが割り振られてるからね」

「でもそれって何も教わらなくても誰でも自然にやってることですよね。あんま写真部っぽくなくありません？　もうちょっと写真部ならでは、みたいのないんですか？　ていうかそろそろ喉乾いてきたんで、飲んでいいですか」

「まあまあ。ここからが写真部的なことだから。じゃあさ、飲む前にもう一回だけ新作とアイスコーヒーを単体で撮ってみて。できればさっきと同じ構図で」

「ええ？　何ですかそれ。撮ったら飲んでいいですか？」

いよいよ不満げな様子になった泉美《いずみ》はそれでも素直に写真を撮ってから、

「いいです？」

「どうぞ」

「じゃ、いただきます」

迷いなく新作スムージーを手に取り大きく一口飲んだ。

「で、今撮った写真なんだけど、今度はそれを編集してみようか。さっき単体では地味だったアイスコーヒーの方を」

「え？　まぁ編集は普段上げるときも普通にやるんで、何をどうすればいいんですか？」

「いじる場所は三つ。そうだな。ざっくりだけど露出を＋30、コントラストを＋20、ブリリアンスを＋30くらいに調整してみて」

「え？　え？　ちょっと待って。露出を、30で、コントラストを……ええと」

「それで、同じ処理を新作スムージーの方にも」

「はいはい。これで何が……あ」

手早く編集を済ませた泉美《いずみ》はすぐにあることに気づいた。

「……あれ、アイスコーヒーの方が……美味《おい》しそうに見える？」

先ほどはテーブルの色に埋もれていたアイスコーヒーが、指示された処理を施すと急に背景から浮き上がった。

一方で新作スムージーの方は、どういうわけか商品が先程よりぼやけて見えるようになっている。

「あ！　そうか！　水滴！」

最初に撮ったアイスコーヒーと比べて泉美《いずみ》はその差に気づく。

時間が経《た》ったアイスコーヒーのカップには結露した水滴が付着し、滴《したた》っている。

その上で露出とコントラストをいじることでコーヒー周辺の光が強くなり、一見強い夏の日差しの中にあるようにも見えるものになっていた。

「なんとなく『いつ』が加わったように見えない？」

「……確かに、めっちゃ暑い日とかこれ見たら、飲みたいって思うかも？」

「一方で多分だけど、ブリリアンスを上げた新作の方はちょっと美味《おい》しくなさそうに写ってるはずだよ」

「確かに……本物に比べると、ピンクと白の混ざりっぷりがはっきりしすぎてちょっとグロく見えるかも」

「時間が経《た》ったから上のチェリーがちょっと沈み始めてるしね。まあ今回は編集加えたから正確な『いつ』を写し取ってるわけじゃないけど、時間が経《た》つことで良く見せられるものと、あまり良く見せられなくなるものがあるってことが、言われないとなかなか気づかない一つ。あとはこれ。スマホならではの撮り方なんだけど」

そう言うと、行人《ゆくと》は自分のスマホをさかさまに持って、カメラのある上辺の部分をテーブルにしっかり接地させて、スマホ本体を鷲掴《わしづか》みするように持ち、テーブルに置いてあるアイスコーヒーを、普通に持っては絶対に写せないテーブル上での煽《あお》り構図で撮影してみせる。

「スマホはオートで上下反転や補正してくれるから、テーブルの上のものとか地面に近いもの、低いところから高いところを撮りたいときはこの持ち方、意外とお勧め」

「へぇ！　これなら無茶なカッコでしゃがんだりしなくていいんだ！」

「そういうこと。あとはそうだな。カメラにグリッド線を表示するのはおすすめしたい」

聞き慣れない単語に泉美《いずみ》が首を傾《かし》げると、行人《ゆくと》はカメラモードの画面を泉美《いずみ》に向けて見せた。

その画面には縦横に二本ずつの白い線が画面を九分割するように走っている。

「この線があると、被写体が画面のどこにあるのかをより正確かつ直感的に把握できる。建物とか風景とか、こういうテーブル上の静物を撮るときは被写体を画角の中心に直角に据えるより、少しズラした場所に置くのがいいことがあるんだ。たとえばこう。見てみて」

行人《ゆくと》は、店側がテーブル上に飾っている小さな一輪挿しの花をテーブルの端に寄せると、先程の逆持ちでフォーカスし、縦横に走る線の右下側の交点に花と一輪挿しが来るように撮影する。

撮影した写真に軽く編集を施し泉美《いずみ》に向けると、泉美《いずみ》は真剣に驚いた顔になった。

「わ！　凄《すご》い！」

そこにはムンバのテラス席の一輪の花越しに店が面した商店街の様子が微《かす》かにぼやけて映し出されていた。

「なんか、こういうのありますよね。文房具屋さんの写真立てとかにサンプルで入ってそうなやつ！　大体海外の写真ですけど」

挙げられた喩《たと》えに苦笑するしかないが、行人《ゆくと》もそのつもりで撮影したので泉美《いずみ》の答えに満足した。

「まあそういうこと。花と一輪挿しは、写真の端っこだけどちゃんと主役になってるでしょ？　ただこれは5W1Hの中で『どこで』を重要視したものだけど、主役に何を据えるかで話が変わったりする。これが」

そう言って行人《ゆくと》が差し出した画像に、泉美《いずみ》は今度こそ驚いて目を瞠《みは》った。

「いつの間に撮ったんですか。これ」

「さっき小滝《こたき》さんがそろそろ喉が渇いたって言って、新作スムージーに口をつけた一口目」

テラス席とその背景に前の通りを写していることには変わりない。

だが主役となる被写体は、何気なくブロッサムホワイトスムージーを口にして、一瞬行人《ゆくと》から目を離している泉美《いずみ》自身だった。

アースカラーの背景に泉美《いずみ》の横顔、その中で視線が泉美《いずみ》の持つ淡いピンク色のブロッサムホワイトスムージーに誘導されるよう光の位置が計算されているものだった。

「女子を盗撮していい写真撮るってどうなんですか」

「でもいい写真だとは思ってくれるでしょ？」

「まぁ……悔しいですけど……むう。マジでかー」

『良く晴れた午後に』『カフェのテラス席で』『学校帰りの美少女が』『春の新商品を』『リラックスして』飲んでいるという4W1Hの瞬間がバランスよく切り取られている。

その上で泉美《いずみ》自身と新作スムージーが主役ポジションをシェアしており、明確に第三者が撮影している構図から撮影者とモデルのこの写真に対するスタンスまで瞬時に理解できる。

「盗撮じゃなかったらめっちゃいい写真ですよこれ」

「うん。まあ写真部員同士はお互いモデルをやったりするからついやっちゃったんだけど、説明してなかったから盗撮になっちゃうね。だからちゃんと消すよ」

複雑な顔をする泉美《いずみ》に苦笑する行人《ゆくと》は写真を消そうとするが、

「ちょっと待って」

「え？」

「私に送ってから消してください。アカウント、教えるんで」

「え？　気に入ったの？」

「……不本意ながら」

泉美《いずみ》は顔を顰《しか》めながらも、スマホを差し出して顎をしゃくった。

「あ、ああ。インスタでいい？」

「はい。あ、送ったらセンパイのは消してくださいね」

「分かってるよ。ええと、はい、これでいい？」

「どーも……ううんなるほどなー。これでかー。こういうことしてたんだー」

「こういうことって？」

「いえいえ、こっちの話です。今貰《もら》ったこれ、インスタに上げていいですか？」

「構わないけど、それじゃ俺が消した意味なくない？」

「いい写真はいい写真なんで。大丈夫です。誰が撮ったとかはボカしとくんで」

そう言うと泉美《いずみ》はスマホを少しの間いじっていた。

「写真部って、いつもこんなことしてるんですか？」

「いや、今日は仮入部だし特別。去年の三年生がいた頃も、文化祭前とかコンテスト前とかでもなければ結構ゆるーくやってた。もちろん小滝《こたき》さんが本入部して、例えば本気でミラーレス一眼レフ買いたいとか、おじいさんの古いカメラで何か撮ってみたいとかいうことになったら教えられることは教えるし、逆に俺が教えてもらうこともあると思う。ただそれもケースバイケースで、基本それぞれ好きに自分の好きなもの撮ってお互い見せあって、盛り上がったらコンテストに出して、みたいなのがほとんどだったかな」

「へー。長期休みに撮影合宿とかしないんですか？」

「昔はあったみたいだけど、去年の三年の先輩もそういうことはやってなかった。というかそもそも俺一人じゃ合宿もクソもないし、顧問も名義貸しみたいな状態だから引率とかできないだろうし、小滝《こたき》さんだっていざ入部して合宿があるとか言われても困るでしょ。部員俺一人しかいないんだから」

「あーそれは確かに……でもぉ」

「え？」

「私が合宿に行ってもいいって言えば、センパイは困りませんよね？」

自らの容姿に自信があるからこそ出る言葉に、行人《ゆくと》は苦笑する。

「いや、結構困る」

「え？」

泉美《いずみ》は即答されたことが意外で、思わず低い声が出てしまった。

「周囲にいらない誤解されるような活動はできないよ。合宿できるような部費も出ないし」

「はあ」

「だから合宿は絶対にないよ。まあもし小滝《こたき》さんが撮りたいものとか、挑戦するコンテストのテーマによっては休みの日に集まってってこともなくはないと思うけど……でも三年の先輩がいた去年もほとんどなかったからなぁ」

「そーなんですかぁ。……だからよその部に入り浸れるんですねぇ……」

「え？　よその部？」

「いいえ、何でもないですよ？」

「あ、でもそうだ。よその部って言えば、一個だけ写真部ならではって活動がある」

「どんななんです？」

「よその部から、広報用に大会や練習の様子を撮影してほしいって依頼がたまにあるんだ。まー……それも今年は俺一人になっちゃったからどこまでできるか怪しいとこではあるけど」

自虐的に苦笑する行人《ゆくと》に、泉美《いずみ》は張り付いた笑顔で尋ねた。

「それが理由で、園芸部にも出入りしてるんですか？」

「え？　何でそれを？」

「いくつも文化部に仮入部するつもりだって言ったじゃないですか。園芸部には、実はもう行ってるんです。そのときに風花《ふうか》ちゃ……あ、渡辺《わたなべ》先輩に、写真部の人が出入りしてるってちらっと聞いたんですよ」

「そ、そうなんだ。じゃあ小滝《こたき》さんが、渡辺《わたなべ》さんの知り合いだったっていう……？」

泉美《いずみ》の声の圧が少し強くなっているような気がするのは気のせいだろうか。

「園芸部も今、一人部活ですもんね。もしかして部員募集チラシとか、何か広報用の写真を撮るために出入りしてるんですか？」

「あー……いやそれは、まあ、何と言うか」

行人《ゆくと》は少し口ごもる。

言わずもがな、これまで行人《ゆくと》が園芸部に出入りしていたのは渡辺風花《わたなべふうか》をモデルにしたコンテスト用の写真を撮るためだ。

だがその大義名分とは別に、渡辺風花《わたなべふうか》と親密な関係を築きたいという下心があったことは全くもって否定できず、結果として初対面の女子には、少し話しづらいことのような気がしてしまった。

「違うんですか？」

泉美《いずみ》のやや派手めな第一印象から、写真部に興味を持ちそうな女子に見えなかったのは行人《ゆくと》の偽らざる第一印象だ。

どちらかと言えば行人《ゆくと》のような人種とそりの合わないタイプに見えたが、それは逆に行人《ゆくと》が偏見で彼女を見ていたことが、かなり熱心に行人《ゆくと》のカメラ講座を聞いてくれていたことからも窺《うかが》える。

ここは、下手な言い訳をする場面ではないと行人《ゆくと》は判断し、またスマホの画面に『東京学生ユージュアルライフフォトコンテスト』のメインページを表示し、泉美《いずみ》に差し出した。

「園芸部の渡辺《わたなべ》部長にはこのコンテストに出品する写真のモデルになってもらってたんだ」

泉美《いずみ》はしばらくその画面を読み、スクロールして概要を読んでいたが、張り付いたような笑顔がいつの間にか消えた顔で、行人《ゆくと》を見上げた。

「応募資格は都内在住または在学の学生……。ユージュアルライフってことは、学生の日常生活を撮るってことですよね。この場合は、風花《ふうか》ちゃんのことを」

「う、うん。そうだね。もし入部してくれるなら、小滝《こたき》さんも……え？　風花《ふうか》ちゃん？」

「どうして園芸部で、どうして風花《ふうか》ちゃんだったんですか？」

「ちょ、ちょっと待ってくれ。小滝《こたき》さん、渡辺《わたなべ》さんとそこまで親しいの？」

既に泉美《いずみ》の顔は全く笑っておらず、どこか行人《ゆくと》を敵視するような目で睨《にら》んでいるばかりだ。

「質問してるのは私です。本当に、風花《ふうか》ちゃんの日常の姿をちゃんと写せるんですか」

「いや、それは……」

「できませんよね？」

行人《ゆくと》が何か言う前から断言する泉美《いずみ》の目は、先程までの怜悧《れいり》さは欠片《かけら》も無く、怒りと微《かす》かな戸惑いが満ちていた。

「待ってくれ小滝《こたき》さん、いきなりどうしたんだよ」

「だってセンパイのカメラじゃ風花《ふうか》ちゃんの本当の……！」

「泉美《いずみ》ちゃん！」

感情のままに何かを言い募ろうとした泉美《いずみ》を、鋭い声が制止した。

「「あ」」

声の主を見て、行人《ゆくと》と泉美《いずみ》の声が重なる。

「やっと見つけた！　何してるのこんなところ、で……えっ？」

声の主は息を切らせたエルフの渡辺《わたなべ》で、最初彼女は泉美《いずみ》しか見ていなかったようだ。

だがすぐに同じテーブルについているのが行人《ゆくと》だと気づき、その瞬間運動の熱で汗をかいていたエルフの美貌が絶対零度に凍り付く。

「お、大木《おおき》……くん？　なんで、なんで泉美《いずみ》ちゃんと一緒に……ムンバデートしてるの？」

そして、凍り付いた瞳から死者の魂が燃え上がったような蒼《あお》い炎が燃え上がったような錯覚を、行人《ゆくと》は見た。

「え？　ええ⁉　で、デート？　いや、ちょっと待って渡辺《わたなべ》さん！　そういうんじゃなくてこれは……！」

「ううん。ううん。大丈夫。分かってる。大木《おおき》くんは知らなかったんだよね。泉美《いずみ》ちゃんのこと。大丈夫。知ってるんだそのことは。ただ、ちょっと衝撃の光景に取り乱しちゃって」

「は、はあ……」

「これは、泉美《いずみ》ちゃんの悪戯《いたずら》だね？」

そして、絶対零度の標的を泉美《いずみ》に向ける。

「ちょ、ちょっと待ってよ風花《ふうか》ちゃん！」

すると先ほどまで行人《ゆくと》を圧倒しようとしていた泉美《いずみ》が慌てふためいて立ち上がった。

「で、デートとかじゃないって！　こ、これはそう！　センパイの人となりを確かめないといけないなーって！」

「どうして泉美《いずみ》ちゃんがそんなことする必要あるの」

「い、いやだって！　それは風花《ふうか》ちゃんがあ！」

「私が、何？」

夕方のカフェのテラス席。そこそこ他の客がいる中でのエルフの渡辺《わたなべ》の異様な気配に周囲も気づき始める。

「何かしら。痴話喧嘩《ちわげんか》？」「うわードロドロの青春」「あれって南板橋《みなみいたばし》の制服だよね」

明らかに良くない誤解が広まり始める気配を敏感に感じ、行人《ゆくと》は事態の収拾に入る。

「わ、渡辺《わたなべ》さんはどうしてここに!?」

「……いつまで経《た》っても泉美《いずみ》ちゃんが部活に来ないからおかしいなと思ってたら、泉美《いずみ》ちゃんが大木《おおき》くんを探してたって教えてくれた人がいたの」

「『えっ！　まさか！』」

また行人《ゆくと》と泉美《いずみ》の声が重なる。

行人《ゆくと》が今日、写真部部室にいたことを知っている人間は、行人《ゆくと》以外には一人しかいない。

「あンの先輩、余計なこと言って……！」

泉美《いずみ》も同じ人間に思い当たっているようだ。言わずもがな、小宮山哲也《こみやまてつや》だ。

「小宮山《こみやま》君がね、凄《すご》く可愛《かわい》い一年生の子が大木《おおき》くんを探しに来たってわざわざ部室まで来て教えてくれたの。……泉美《いずみ》ちゃん」

「は、はいっ！」

「泉美《いずみ》ちゃんが、私のことをいつも心配してくれてるのは、嬉《うれ》しいって思ってるよ」

「う、うん、だから私っ！」

「でも……それならこれは、どういうこと？」

エルフの渡辺《わたなべ》は、一瞬明るい顔になった泉美《いずみ》に自分のスマホを突き付けた。

「泉美《いずみ》ちゃんのインスタアカウント……『二年の先輩に奢《おご》ってもらって、ムンバデート』。そうじゃなければいいなって思ったけど……小宮山《こみやま》君に聞いて、嫌な予感がしたの。まさかとは思うけど、大木《おおき》くんと一緒なんじゃないかって思って。そしたら……」

「い、いつの間にそんな投稿を……」

エルフの渡辺《わたなべ》のスマホに表示されているのは、ブロッサムホワイトスムージーとアイスコーヒー、そして行人《ゆくと》の影だけが写った写真だった。

どこで、誰が、の2Wがよく主張された、いわゆる『匂わせ写真』だ。

「い、いや、待って渡辺《わたなべ》さん。これはデートとかじゃないんだ。俺、小滝《こたき》さんが園芸部の新入部員だなんて知らなくて……！」

「いいの。分かってる。ムーンバックスでの撮影講習は、大木《おおき》くんが三年の先輩にしてもらった体験入部の時の、思い出の活動だもんね。だからきっと、仮入部したいって言ってきた泉美《いずみ》ちゃんに、同じことしてあげようとしたんだよね」

「何それ！　センパイ、このこと風花《ふうか》ちゃんに話してたの⁉」

「渡辺《わたなべ》さん、覚えててくれたんだ……」

泉美《いずみ》は焦燥で行人《ゆくと》とエルフの渡辺《わたなべ》の間で視線を往復させ、行人《ゆくと》は安堵《あんど》の溜《た》め息《いき》を吐く。

「泉美《いずみ》ちゃん……泉美《いずみ》ちゃんが私のことを心配して、先走っちゃったのは、怒ったりしないよ。怒ったりしないけど、でも……でも……」

そのとき、絶対零度のエルフの渡辺《わたなべ》の瞳が、こらえきれない感情に潤んだ。

「私だって……まだ、大木《おおき》くんと、ぐすっ……ムンバ、行ったことないのに、泉美《いずみ》ちゃんだけ、大木《おおき》くんと、写真のこと……ぐすっ」

少しずつ涙声になっていくエルフの渡辺《わたなべ》の様子に、いよいよ周囲のざわめきが大きくなる。

「ちょっと、もしかしてあの男の浮気《うわき》？」

「あのギャルが、あっちの地味な子から略奪したのかしら」

「うわあマジの修羅場かぁ」

そして今更になって行人《ゆくと》は気づく。

行人《ゆくと》の目にはエルフの渡辺《わたなべ》も小滝泉美《こたきいずみ》も方向性が違う圧倒的美少女にしか見えないが、自分以外の人間の目に映る渡辺風花《わたなべふうか》は、泉美《いずみ》に比して明らかに地味で素朴な外見に見えていることに。

「せ、センパイっ！」

その時、泉美《いずみ》が心底焦《あせ》った顔と声で叫んだ。

「えっ⁉」

「い、今すぐ風花《ふうか》ちゃんにブロッサムホワイトスムージー買ってきて！　お金は後で私が出すから！　早く！　駆け足！　早くっ‼」

「あ、ああ、分かった！」

その声に押されて行人《ゆくと》は慌ててカウンターへと走り、それを見送った泉美《いずみ》は、心底申し訳なさそうな顔で風花《ふうか》に近づく。

「ごめん、ごめんって風花《ふうか》ちゃん。風花《ふうか》ちゃんに悲しい思いさせるつもりは全然なくて！　た、ただ、ただ、ただ、分かるでしょ！　どうしてもその、風花《ふうか》ちゃんに近づく男子がどんな人間なのか、確かめたいって思って、それで何も知らない風で、ね？」

「泉美《いずみ》ちゃんだけ……ズルい……大木《おおき》くんと……ムンバデート……」

「ごめんってごめんって！　だって風花《ふうか》ちゃんってばセンパイのこと全然話してくれないんだもん！　心配になるじゃん！　正直この前の昼休みも私の印象いまいちだったしさ！　だからつい一人で色々確かめたくて……！」

「お、お待たせ！　空いてたからすぐ作ってもらえうわあっ⁉」

そこにブロッサムホワイトスムージーを握りしめた行人《ゆくと》が戻ってきたので、泉美《いずみ》はそれをエルフの渡辺《わたなべ》の手に押し付けると、行人《ゆくと》を引っ張って耳打ちした。

「最後の写真を撮った経緯は絶対内緒にして！　私もSNSから消すから！」

「え？　え？　何で⁉」

「いいから！　空気読んで！　怒らせると風花《ふうか》ちゃん本当に怖い……」

泉美《いずみ》としては、自分が魅力的に撮影された写真がエルフの渡辺《わたなべ》の目に触れることは好ましくないと考えたのだが、

「泉美《いずみ》ちゃん、何……最後の写真って……」

エルフの渡辺《わたなべ》は、長い耳をぴくぴくと動かしながら、離れた場所にいる泉美《いずみ》の耳打ちもしっかりと聞き取っていた。

エルフの耳が良《い》いのは、どうやら本当のことらしい。

「そ…………………――のことは、ほら、学校に戻ってから、ね？　風花《ふうか》ちゃんもセンパイも！　とりあえずガッコ戻ろう！　ほら！　行こう！」

冷や汗を流して観念した様子の泉美《いずみ》は、小さく両手を上げると行人《ゆくと》とエルフの渡辺《わたなべ》の背を押してざわめくテラス席から強引に連れ出した。

「………ごめんね、大木《おおき》くん。泉美《いずみ》ちゃんが迷惑かけて」

学校までの帰り道。

行人《ゆくと》の横に並んでふくれっ面《つら》でブロッサムホワイトスムージーをするエルフの渡辺《わたなべ》は、小さく言った。

「い、いや、迷惑ってことは……まあその、俺の何を確かめたかったのかは分からなかったし、仮入部したいって触れ込みだったから、部員が増えるかもって期待がぬか喜びになったのは残念だったけど」

「本当にごめんなさい」

「いや、渡辺《わたなべ》さんが謝ることじゃないよ。でも、小滝《こたき》さんって一年生なんだよね？　渡辺《わたなべ》さんのこと風花《ふうか》ちゃんって呼んでタメ口っぽいのは……」

「中学の後輩だけど、それよりずっと前からの友達なの。というか」

「私と風花《ふうか》ちゃんは幼《おさな》馴染《なじみ》なの！　家も近所で、小さい頃から一緒に遊んでて、だから今更先輩後輩なんて感じじゃないの」

　前を歩く泉美《いずみ》が努めて明るい声で振り返って言うが、エルフの渡辺《わたなべ》はストローをすすりながら三白眼《さんぱくがん》で泉美《いずみ》を睨《にら》みっぱなしだ。

「もー……本当にごめんって風花《ふうか》ちゃん……でもさ、分かってよ。いきなりあんな相談されて、こっちだって焦《あせ》ったんだもん」

「相談って？」

「……ごめんなさい、大木《おおき》くん」

　エルフの渡辺《わたなべ》が、ストローから口を離し三度謝罪した。

「いや、だから渡辺《わたなべ》さんが謝ることじゃ」

「違うの。今日の泉美《いずみ》ちゃんのことじゃなくて……」

　そして立ち止まって、行人《ゆくと》に向き直る。

「大木《おおき》くんに告白された日のこと、泉美《いずみ》ちゃんに相談してたの」

「え？　あ、ああ、そういう……いや、でもそういう相談は誰でもする……ん？」

　行人《ゆくと》は情報を整理して、あることに思い至り、はっとなって泉美《いずみ》を見る。

　その顔は、きっと情けないくらいに赤くなっていたことだろう。

「うん。だからセンパイが風花《ふうか》ちゃんに告白したって、私知ってるの」

「あ、そ、そうか。う、うう、まぁ、その、そうか」

全くの他人に自分の内心を知られることがこんなにも気恥ずかしい物なのかと思い、行人《ゆくと》は先ほどとは違う理由でいたたまれなくなってくる。

「風花《ふうか》ちゃんに、センパイから告白されたときの顚末《てんまつ》聞いて……本当にムカついてさ」

「え？」

「風花《ふうか》ちゃんに言い寄る奴《やつ》なんか、どうせロクでもない男だから正体暴いてやろうと思って……それで今日の写真も風花《ふうか》ちゃんに、センパイはこんな風に簡単に女の子にコナ掛けるような奴《やつ》なんだよーって見せつけてやるつもりで……はあ」

明らかに悪意に満ちた行いを自白した泉美《いずみ》は、がっくり肩を落とす。

「でもまさか、ムンバの写真講座が写真部の伝統で、しかもそのこと風花《ふうか》ちゃんがセンパイから聞いてるだなんて思わなかったよ」

「いや、まぁ自分が優良物件だなんて言うつもりはないけど、ロクでもない人間なつもりはないから、誤解が解けたなら何よりだよ」

最初から泉美《いずみ》は行人《ゆくと》に敵対するつもりでやってきていたわけで、そもそも新入部員など夢のまた夢だったことが確定し、行人《ゆくと》としては強がって苦笑するしかできなかった。

だが、自虐と強がりで笑った行人《ゆくと》に対して、泉美《いずみ》の敵愾心《てきがいしん》は全く解けていなかった。

「解けてなんかないよ」

「え？」

「私はまだセンパイのことロクでなしだと思ってる。正直、なんで風花《ふうか》ちゃんがこんなに気を許してるのか、全然分かんない」

「え、いや、それは……どうして」

そこまで言われる理由が思い当たらず戸惑う行人《ゆくと》だが、泉美《いずみ》の次の一言で凍り付いた。

「だって、風花《ふうか》ちゃんの本当の姿見て、日和《ひよ》ったんでしょ」

「えっ」

「それって、風花《ふうか》ちゃんの本質見てないってことじゃん。外見だけだったんでしょ」

「え、ちょ、ちょっと待って。待って。小滝《こたき》さん、え、それって」

泉美《いずみ》は言った。

風花《ふうか》ちゃんから告白の顛末《てんまつ》を聞いた、と。

行人《ゆくと》は思わずエルフの渡辺《わたなべ》を見ると、エルフの渡辺《わたなべ》も眉をハの字にして、小さく頷《うなず》いた。

「そうなの」

そして、ブロッサムホワイトスムージーを飲み切って、言った。

「泉美《いずみ》ちゃんには見えてるんです。私の、エルフの姿が」

chapter_4

004

The Elf Named Watanabe

VOL-1

第四章

渡辺風花は教えてくれる

#エルフの渡辺　#電撃文庫

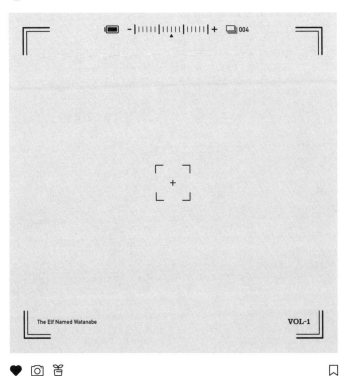

「ふ、風花《ふうか》ちゃん……はぁっ！　お、お願い、もう、許してっ……！」

「ダメだよ泉美《いずみ》ちゃん。そんなこと言ったって、止めてあげない」

小滝泉美《こたきいずみ》は荒く息を吐き、目は気だるげに半開きになって、春も夕刻だというのに激しく汗をかいている。

許しを請《こ》うように震える声で懇願するが、美貌のエルフは冷酷にそれを撥《は》ね退《の》ける。

「ううっ。は、はあんっ！　だ、だめぇ……もう、これ以上……んんっ！」

「ほら、しっかり動いて。ほらほら、そんなんじゃ大木《おおき》くんは満足してくれないよ」

「くっ……この、鬼畜っ……んんっ！」

冷酷な拒否に泉美《いずみ》は疲れ切った顔で行人《ゆくと》を睨《にら》むが、そこにエルフの渡辺《わたなべ》の鋭い声が飛び、泉《いず》美《み》はびくりと全身を震わせる。

「こ～ら、泉美《いずみ》ちゃん？　それが先輩に対する口のきき方かな？　ほら、大木《おおき》くんが見てるよ。しっかり体動かして！」

「う、うう……は、ああんっ！　もう、限界……だよぉっ！　は、はあんっ！」

「あ、あの、渡辺《わたなべ》さん」

「何、大木《おおき》くん」

「良《い》いの、俺、このまま小滝《こたき》さんを……」

「だ、ダメに決まっ、んんっ……調子に、乗んなっ」

「もちろんいいよ？　だって今日の泉美《いずみ》ちゃんは写真部の仮入部員で、大木《おおき》くんの後輩でもあるんだもの。だったら、大木《おおき》くんの言うことは聞かなきゃね？」

「い、いやあでも、さすがに気が咎《とが》めるというか、これ以上は辛《つら》そうというか」

「先に大木《おおき》くんの気持ちを玩《もてあそ》んだのは泉美《いずみ》ちゃんだもの。だったらそのお詫《わ》びに、大木《おおき》くんを満足させてあげないとダメだと思わない？」

「いやまぁそういう言い方をすればそうなんだけど」

「ほら泉美《いずみ》ちゃん、動きが止まってるよ。このままじゃ大木《おおき》くんが気分良くなれないよ？」

「くっ……風花《ふうか》ちゃんを……味方に、つけて、好き勝手、んんっ！　はあっ！」

「あ、あの、渡辺《わたなべ》さん」

行人《ゆくと》はいたたまれなくなって言った。

「そろそろ日が暮れるし、フラッシュの準備がないから、今日の撮影はこの辺にしない？」

「仕方ないなぁ。大木《おおき》くんがこう言ってくれているので、今日はもういいよ、泉美《いずみ》ちゃん」

「んんっ！　もう無理！　腕あがんないし肩プルプルしてるし何か飲まないと死ぬ！」

エルフの渡辺《わたなべ》の許しを得て、上下ジャージ姿で首にタオルをさげた泉美《いずみ》は、手にしていた鍬《くわ》を放り出すと、ふわふわに耕された土から離れ、地面にどっかりと腰を下ろした。

「で!?　センパイまさか本当に畑仕事してる私を撮ったの!?」

「いや、渡辺《わたなべ》さんが撮れって言うから」

「風花《ふうか》ちゃんをダシにすれば何でも許されると思わないでよ⁉」

息も絶え絶えに座り込んだ泉美《いずみ》に睨《にら》まれて、行人《ゆくと》は少したじろぎ話題を逸《そ》らした。

「そ、それにしても、固い土を耕すって大変なんだね」

写真部の部室から遠くないその花壇は、長い間放置されていたものだった。広さは四畳半程度の正方形。レンガの風合いの古いブロックで囲われていたが、元々そこに植わっていたらしい植物の枯葉や枯れ枝に埋まっており、行人《ゆくと》は初め、植栽のゴミ捨て場かと思い込んでいたほどだ。

「昭和の頃はここに百葉箱とそれを囲む薔薇園《ばらえん》があったんだって。旧校舎の裏手だから夏もそんなに暑くならなかったみたいだけど、昔の園芸部が一度なくなったとき以来放置されてたの。去年の段階で使っていいとは言われてたんだけど一人じゃなかなか手が回らなくて……折角一年生が入ってくれたから、この機会に整備しようかなって」

「ひぃ……ひぃ……」

泉美《いずみ》はまだ呼吸が整わず、立ち上がれないでいる。

「それじゃあここにはまた薔薇《ばら》を植えるの？」

「ううん。折角広めの露地のスペースもらえたんだから、野菜を作りたいと思って」

園芸部の栽培品目として野菜はときとして花よりもメジャーかもしれない。

成果物を共有しやすく、商品化しなければ花卉《かき》類より栽培が容易なものが多いためだ。

「野菜が収穫できると達成感があるし、野菜のお花も綺麗《きれい》に咲くと可愛《かわい》いんだよ」

「ああ、花大根とか昔習ったの思い出した。トマトとかウリ科の花とか、確かに綺麗《きれい》だよね」

「そうなの。とりあえずもう、一つは植えるものを決めてるんだ。大木《おおき》くん、ペポって、聞いたことある？」

「ペポ？　いや、ちょっと聞いたことないな」

「食用よりも観賞用とかに使われることの多い、小さなかぼちゃなの。ハロウィンなんかで使われるオレンジ色のかぼちゃも、ペポ種の一種なんだ」

　言いながらエルフの渡辺《わたなべ》が差し出してきたスマホには、確かに見覚えのある手のひらサイズの黄色いかぼちゃが表示されていた。

「なんかお洒落《しゃれ》なカフェとか雑貨屋にあったりするよね。あれって作りものとかおもちゃかなんかだと思ってた」

「実際におもちゃかぼちゃって呼ばれたりもするんだよ。できたらハロウィンの季節に収穫したいなって。ハロウィンの魔術的な雰囲気、ちょっと好きなの」

　そう言って未来の計画を楽し気に語るエルフの渡辺《わたなべ》に、何となく微笑《ほほえ》ましい気分になった行人《ゆくと》は、次の瞬間凍り付いた。

「あとは、サラマンダーかな」

「サラマン……え？」

「あとはミスリルソードとかも」

サラマンダーと、ミスリルソード。

今の今まで畑に何の野菜を植えようとしているかという話をしていたはずなのに、何故《なぜ》急に炎の精霊と幻想金属製の剣の話が出てくるのだろうか。

「え？　サラマン……ミスリル……え、何で？」

「サラマンダーは熱に強いから、暑い日本の夏でも大丈夫かなって」

サラマンダーは熱に強い。それはそうだろうが聞きたかったのはそういうことではない。

行人《ゆくと》はカメラオタクを自認してはいるが、アニメやゲームなどにそれほど造詣《ぞうけい》が深いわけではない。

それでもサラマンダーが炎の精霊とか火蜥蜴《ひとかげ》と呼ばれる類《たぐい》の架空の存在であることは知っているし、ミスリルという金属が現実には存在しないことも知っている。

だが現実に目の前にはエルフが存在し、架空の存在のはずのエルフが突然サラマンダーとかミスリルソードとか言い出したのだ。

ということは、もしかしたらこの世のどこかにサラマンダーやミスリルソードは存在するのだろうか。

存在したとして、精霊や金属剣は畑で栽培できるものなのだろうか。

無表情になってしまった行人《ゆくと》が必死で考えを常識の中に収めようとしているのに、

「でも、ペポと葉物野菜をこのスペースで密集して栽培させて大丈夫なのか分からないから、まだ検討の段階だけどね」

「刃物野菜⁉　剣闘⁉」

エルフの渡辺《わたなべ》がとんでもないワードをブッ込んできた。

同時に先程、エルフの渡辺《わたなべ》がハロウィンのことを『魔術的』と評していたことを思い出す。

日本でハロウィンがシーズナルイベントの地位を得て随分経《た》つが、概《おおむ》ね飲食店や製菓業界がかぼちゃ料理やかぼちゃデザートを大量に作り、小学生や幼稚園児が町内会でトリックオアトリートで駄菓子をもらい、学生や若者が適当なコスプレをやる日であり、ひいき目に見ても魔術的な気配は一切無い。

「ま、まさかサラマンダーで、ハロウィンのかぼちゃを……」

ハロウィンのジャックオランタンの内側に灯《とも》る火は、何かの精霊の放つ光だという話を聞いたことがあった。

そして行人《ゆくと》の疑問をエルフの渡辺《わたなべ》は満面の笑みで肯定した。

「うん。意外と相性いいんだよ。ペポとサラマンダーとミスリルソードなら、お味噌汁《みそしる》がよさそうかも」

「サラマンダーとミスリルソードで味噌汁《みそしる》を‼」

「風花《ふうか》ちゃん風花《ふうか》ちゃん、何か紛らわしいことになってる」

するとようやく息が整ったのか、泉美《いずみ》が億劫《おっくう》そうに立ち上がった。

「多分だけど今、センパイの頭ん中じゃハロウィンの魔女コスした風花《ふうか》ちゃんが腰にロングソード提げてジャック・オ・ランタンで炎の蜥蜴《とかげ》を召喚する儀式の映像が流れてる」

「えっ、何それ」

泉美《いずみ》の分析は割と正確に行人《ゆくと》の脳内を読み取っていたし、行人《ゆくと》の方が「えっ。何それ」なのだ。

「あのねセンパイ。サラマンダーってのはホウレンソウの品種名なの」

「え⁉　ホウレンソウって、あの⁉」

「他にどのホウレンソウがあるのか知らないけど、ホウレンソウって変な品種名が多いんだよ。あと、ミスリルソードは長ネギね」

「長ネギ⁉　小滝《こたき》さんまた俺のこと騙《だま》そうとしてない？」

「してないよ！　野菜って色々変な名前多いんだよ。デストロイヤーってジャガイモとかウィザードってレタスとか、羅帝《らてい》って唐辛子とかね。多分、種苗《しゅびょう》会社の趣味じゃないの？」

「しゅびょうがいしゃ？」

「種と苗の会社で種苗《しゅびょう》会社！　園芸部に入り浸ってるくせにそんなことも知らないの？」

「あ、いや……」

「あと風花《ふうか》ちゃんも！」

「え!?　私!?」

「え、私、じゃないよ。センパイは風花《ふうか》ちゃんのエルフの姿が見えてるんでしょ？　だったら不用意に紛らわしいファンタジー用語使ったら、センパイが混乱するでしょうが」

「え、あ、ごめん。その、ファンタジー用語ってどの辺が……？　私、あんまりゲームとかやらないからよく分からなくて」

エルフの見た目でそれを言うのか。

行人《ゆくと》は思わずツッコミそうになり、ぐっとこらえる。

何だかこれは言ってはいけない気がした。

「とにかく、なんか私がお仕置きされてうやむやになっちゃったけど」

その気配を察したわけではないだろうが、泉美《いずみ》が改めて行人《ゆくと》に向き直り、はっきり敵対心を浮かべて行人《ゆくと》を睨《にら》んで言った。

「エルフの正体にヒヨった上に、園芸のこともロクに分かってないようなのが風花《ふうか》ちゃんの彼氏になって風花《ふうか》ちゃんの写真撮りまくるなんて、私は認めないから」

「い、いや、言いたいことは分かるけど、でも小滝《こたき》さんが言うことでは」

「いくら幼馴染《おさななじみ》でも、友達の人付き合いに首突っ込むなって？」

思わず言い訳がましいことを言おうとした行人《ゆくと》を、泉美《いずみ》は制する。

「風花《ふうか》ちゃんの本当の姿が見えているのは私だけだったんだよ。私以外の誰に、風花《ふうか》ちゃんを守れると思うの」

　これまでで最も強い敵意を見せた泉美《いずみ》に、行人《ゆくと》もまたたじろいだ。

「泉美《いずみ》ちゃん！　ちょっと言いすぎだよ！」

「風花《ふうか》ちゃんと正面から向き合わないような奴《やつ》に、風花《ふうか》ちゃんを渡すつもりはないから！

……覚えておいて」

　泉美《いずみ》はそこまで言い切ると、薄暮の中で俯《うつむ》くエルフの渡辺《わたなべ》を見て、少し気まずそうにしながら踵《きびす》を返《かえ》す。

「どこ行くの、泉美《いずみ》ちゃん」

「シャワー。今なら運動部の連中いないしこんな汗だくで制服着たくないし。後でね」

　そう言うと泉美《いずみ》は運動部の部活棟に歩いて行ってしまう。

「後でねってことは、一緒に帰るの？」

「ここのところ、帰りはいつもの泉美《いずみ》ちゃんと一緒なの。あの、大木《おおき》くん。ごめんなさい。泉《いず》美《み》ちゃんがずっと失礼な態度を取ってて……」

「いや、何度も言うけど渡辺《わたなべ》さんが謝ることじゃないよ」

　エルフの渡辺《わたなべ》が謝ることではないことでもあるし、泉美《いずみ》の言うこと全てが的外れなわけでもなく、だからこそ行人《ゆくと》にはもっと気になることがあった。

「小滝《こたき》さんは、いつから、その」

言《い》い淀《よど》んでしまった理由は自分でも思い当たる理由がありすぎて逆にはっきりと分からなかったが、エルフの渡辺《わたなべ》は行人《ゆくと》の疑問を正確に汲《く》み取《と》った。

「泉美《いずみ》ちゃんが私のエルフの姿が見えるようになったのは、小学校一年生のとき」

「そんなに前から……！」

事実を知ってわずか二日の行人《ゆくと》とは、積み重ねた時間が正に雲泥《うんでい》の差《さ》だ。

幼馴染《おさななじみ》と言うからには、二人の間には行人《ゆくと》が想像もできないほどの時間と思い出の積み重ねがあるはずで、だからこそ泉美《いずみ》には行人《ゆくと》などポッと出の邪魔もの以外の何者でもあるまい。

だが、行人《ゆくと》にも泉美《いずみ》に敵《かな》わないまでも、渡辺風花《わたなべふうか》と積み重ねた時間があり、その時間で行人《ゆくと》は一人の人間に恋をしたのだ。

もちろんあの日の告白の顛末《てんまつ》を客観視すれば、行人《ゆくと》の気持ちが渡辺風花《わたなべふうか》の外見に左右された上に告白を日和《ひよ》ったという泉美《いずみ》の評価を否定できる材料は全くない。

行人《ゆくと》の内心では、エルフの渡辺《わたなべ》と渡辺風花《わたなべふうか》を同一視して改めて恋をしたいという思いに偽りはなく、だからこそエルフの渡辺《わたなべ》を渡辺《わたなべ》さんと呼び、これまでと同じように接するよう『心がけて』きた。

だからこそ、エルフの姿が見えている泉美《いずみ》という存在が現れた今、確かめなければならないことがある。

「エルフのこと、聞いてもいい？」

「……大木《おおき》くん」

「小滝《こたき》さんは、渡辺《わたなべ》さんにとって大事な友達なんだよね。その友達が大事にしているものをきっと、俺は何も知らないんだ。だからきっと小滝《こたき》さんは俺が渡辺《わたなべ》さんに告白したことが許せないんだと思う」

「そんな、だってそれは仕方のないことで、泉美《いずみ》ちゃんが許す許さないは関係ないんじゃ」

「あるよ」

行人《ゆくと》は言い切った。

「昨日の昼も言ったけど、俺はもう一度、渡辺《わたなべ》さんをきちんと好きになりたいと思ってる」

「ふ、ふええ!? え、そ、そこまでのこと言ってたっけ!?」

エルフの渡辺《わたなべ》は目を見開き、言われた行人《ゆくと》も一瞬目が泳いだ。

「…………よく考えたら、言ってなかったかも。ごめん。気にしてないつもりで、やっぱ小滝《こたき》さんに言われたこと、効いてるのかもしれない。ただ、近いことは言ったし、本心でそれくらいの気持ちだったたってことで、聞いて」

「は、はいぃ……」

「で、さ。だからって好きになるだけでいいわけがない。結局最初に言った通り、俺はあの時点での『渡辺風花《わたなべふうか》さん』に彼女になってもらいたかった。だってそうじゃないか。好きになった人には自分のことを好きになってほしいじゃん。でもそうなってほしいなら……相手の大事なものを大事にできない状況は、やっぱり良くないよ」

行人《ゆくと》は手に持ったままのカメラに一瞬視線を落としてから、言った。

「渡辺《わたなべ》さん。よかったら教えてくれないか。渡辺《わたなべ》さんのこと。魔法のこと。エルフのこと。多分小滝《こたき》さんが知ってて、俺が知らないこと。……無理にとは、言わないんだけど」

泉美《いずみ》はこの先もずっと、エルフの渡辺《わたなべ》のそばにいる。

エルフの渡辺《わたなべ》もずっと、泉美《いずみ》のそばにいるだろう。

『エルフの真実』という強い絆《きずな》で繋《つな》がっている幼馴染《おさななじみ》二人のそばに、同じく『エルフの真実』を知った者として居たいと思うのなら、礼儀と誠意を尽くさねばならない。

「分かりました」

エルフの渡辺《わたなべ》も真剣な顔で、行人《ゆくと》の言葉に応えてくれた。

「ちょっと長い話になるし、泉美《いずみ》ちゃんに予《あらかじ》め話しておかなきゃいけないこともあるの。今日これからすぐにっていう訳にはいかないんだけど、私も、大木《おおき》くんに聞いてほしいこと、沢山あります。聞いてもらえますか」

「もちろんだよ。ありがとう」

大きな安堵《あんど》が、緊張していた行人《ゆくと》の頬と心拍数をわずかに緩める。

だが次の瞬間、その心拍数が激烈に増大する事態が発生した。

「あと多分、お話するときは学校じゃなくて、私の家に来てもらうことなるけど、いい？」

「いっ、いいよっ⁉」

予想外すぎる申し出に、行人《ゆくと》は声を上ずらせながらも反射で了承してしまった。

「学校からそんなに遠くないから、来てもらえるようになったら、早めに連絡するね」

「う、うん、分かった」

「本当にそんなに待たせたりしないから、もう少しだけコンテスト用の写真撮るの、待ってもらっていい？」

「ああ、それはもちろん……」

「ごめんね」

「だから渡辺《わたなべ》さんが謝ることじゃないよ」

全く以《もっ》て、エルフの渡辺《わたなべ》が謝ることではない。

エルフ云々《うんぬん》に関係無く、渡辺風花《わたなべふうか》の写真を撮りたいのはどこまで行っても写真部部長である大木《おおき》行人《ゆくと》の都合でしかないのだから。

「それじゃあ、また連絡するね」

そう言うと、エルフの渡辺《わたなべ》は泉美《いずみ》が残した道具を小柄な体で抱えてがちゃがちゃと音を立てながら立ち去った。

手伝うと言うべきだったろうか。

エルフの渡辺《わたなべ》の姿が見えなくなってからそんな後悔が微《かす》かによぎったが、まさしく後の祭りだった。

「こういうとこがきっと、小滝《こたき》さんは気に入らないのかもな」

普通に考えたら手伝う所だったと思う。

エルフの渡辺《わたなべ》が持ち帰ったのは鍬《くわ》と鋤《すき》とスコップの三本。一人で抱えきれない量ではないが、手伝えば多少楽になる量だ。

「……こういうとこだよなぁ」

見過ごしてしまったことをいくら考えたところで仕方がない。

行人《ゆくと》は小さすぎる未練を断ち切るように大きく息を吐くと、自分も耕された花壇に背を向け、帰路ではなく写真部への部室へと向かおうとする。

「いい構図だと思ったんだけどな」

一瞬振り向いて、誰もいなくなった花壇を振り返り、ファインダーを覗《のぞ》く。

エルフの渡辺《わたなべ》に促されて撮影した泉美《いずみ》の作業中のワンシーン。

柄の長い道具を手にしていたから画角も決めやすく、真剣な表情も相まって現像しなくとも良《い》い写真になったことは確信できるものだった。

だが、ファインダーの中の泉美《いずみ》は輝いていなかった。

カメラとファインダーが教える輝く被写体と、写真の出来具合に対する納得感は、必ずしも一致するものではなかった。

もちろんこんなことを本人には言えないし、そもそもこのファインダーの秘密を誰にも話したことはない。

何もない柔らかい地面をファインダーで見ても特に何も起こらず、行人《ゆくと》は嘆息してカメラを下ろすと写真部の部室に向かった。

部室に戻ると相変わらず新入部員募集用のチラシは減っておらず、当然ＳＮＳにも何の連絡もない。

「ま、今はそれどころじゃないんだけど」

呟《つぶや》きながら行人《ゆくと》は部室に入る。

部室の時計は既に十八時を回っていた。少し空腹を覚えるが、特に家に連絡をする必要はない。

今日も母は仕事で帰りは夜遅くなるだろう。

行人《ゆくと》は自宅の自室以外では最も落ち着ける場所で、心を鎮《しず》めたかった。

「家、かぁ……家かぁ！」

写真部の部室にはそもそも誰もいないし、部室の周りもほとんど人が来ないので、感情が溢《あふ》れそうになったときに声を出せるのが良《い》いところだった。

「家かぁ……!!」

もちろん想像したことはある。

渡辺風花《わたなべふうか》の家は、どんな家なのか、と。

残念ながら、先日の告白まで渡辺風花《わたなべふうか》と自宅や家族に関する話をした記憶がほとんどない。

それこそ姿勢が良《い》いのは母のしつけが厳しかったからだ、というのがほとんど初めてではなかろうか。

今となってはそれもある程度納得できる。

正体がエルフであるなら、そうそう簡単に自宅や家族のことを話せるはずがない。

「家か……」

普通ならば、想《おも》いを寄せる女子の家に招かれるなど、人生でも一、二を争うほどに華やぐイベントのはずだ。

単純に女子のプライベートゾーンに踏み込む緊張とその許可を得た喜び。到着するまでどんな会話をしようかという期待と不安。関係性がより深まるかもしれないという微《かす》かな希望。

そんなような色々な意味でポジティブなことでドキドキするイベントのはずだ。

もちろんそれらのことを全く考えていないわけではない。

いないわけではないが、それを圧倒的に凌駕《りょうが》するのが、渡辺風花《わたなべふうか》の正体がエルフであるという大きすぎる前提だ。

そんなに遠くない、という表現は、普通なら徒歩で十分前後の場所にあるという意味だろうが、極端な話、魔法の力で瞬間移動して日本の外に連れていかれる、という可能性も今となっては全くのゼロではないのだ。

いや、場合によっては日本どころか地球の外まであるかもしれない。

「まぁ、小滝《こたき》さんがいるからさすがにそんなことはないだろうけど……」

小学生時代から幼馴染《おさななじみ》だというからには少なくとも行人《ゆくと》が理解できる『小学校』と『中学校』に通っていた時代があるはずだ。

泉美《いずみ》が帰国子女で実は二人とも海外の小中学校卒という可能性もゼロではないが、地球の外、即《すなわ》ち『異世界』と呼ばれるような概念の場所に連れていかれるよりはずっとマシだろう。

「マシか？」

エルフの原典は北欧神話にあるということは既にネットで調べた。

そして北欧と呼ばれる地域で日本語が普遍的に通じる国は存在せず、英語以外の外国語を知らない上に英会話ができるわけでもない行人《ゆくと》がもし北欧に連れていかれれば、それはそれで詰みではある。

「いや、ないよな。流石《さすが》にないよな」

そう考える頼りない根拠はエルフの渡辺《わたなべ》の三段重箱に入った弁当である。

のり弁とから揚げとポテサラ。

多分、大量に何かを食べようと思ったときあの和風の重箱にあの内容の食べ物を詰め込む文化は北欧にはあるまい。

それはそれとしてリンゴの丸齧《まるかじ》りがいかにも海外風味を醸《かも》し出《だ》すのでそれが行人《ゆくと》の不安を逆に証明してしまっているような気もするが、リンゴも食べたいと思えばスーパーマーケットで買えるものだ。

「となると……あとは、ご家族か……」

女子の家で家族に会う、というのもなかなか緊張するイベントだ。

これに関してはある意味家の場所よりもよほど現実的に不安が大きい。

ごくごく当たり前のことだが、子どもがエルフなら、親だってエルフだろう。


『大人になった奴《やつ》には必ず、毎日を真剣に生きる理由があるもんだ』


「っ！」

その瞬間、日頃あまり思い出すことのなかった父の言葉が部室の闇の中から蘇《よみがえ》ってきた。

まるでうたた寝から目覚めたときのようにびくりと身を震わせた。

そうだ。

エルフの渡辺《わたなべ》の『親』には、娘の正体を隠して世を忍ばせる理由があるはずだ。

親が子に世を忍ばせる真剣な理由とは。

「全く想像もできないし、ここで考えても仕方がないか」

何も知らないのだ。

泉美《いずみ》に言われるまでもなく、行人《ゆくと》はエルフの渡辺《わたなべ》のことを何も知らない。

彼女が普通の人間ではなく空想上の存在だったはずのエルフという種族の姿こそが正体であり、行人《ゆくと》と泉美《いずみ》以外の人間の目を魔法で誤魔化《ごまか》して普通の日本人高校生、渡辺風花《わたなべふうか》として暮らしている。

知っていることは、本当にこれだけ。

エルフとは何か、魔法とは何かとかそんな超常的なことどころか、どこに住んでいるのか、家族が何人いるのかすら知らない。

園芸が好きで、学校の成績は文武ともに大きく目立つことはない。

ごく一部男子にカルト的な人気を誇っているという知りたくない事実は今日知った。

一年のときには挨拶すらできない日も普通にあった。

それが、今や世界でも小滝泉美《こたきいずみ》しか知らない事実を知り、そのことを話してもらう確約まで得た。

「これから毎日、きちんと知って行かないとな」

とりあえず、今日撮った写真は帰りにいつもの大手カメラ店にフィルムを現像に出しておこ

うと決めた行人《ゆくと》は帰ろうとして机の上に手をつき、

「あ」

うっすら積っていた埃《ほこり》が手についたことに気づく。

「まぁ、小滝《こたき》さんが写真部に入るって目はなくなったけど」

放課後、哲也《てつや》に部室の掃除をすると言ったことを思い出したので、帰ろうとした足を止めて掃除用具が仕舞われているロッカーへと向かう。

その中に入っているのは長い柄の箒《ほうき》数本と、乾ききった古い雑巾が何枚かと凹《へこ》んだバケツ。

昨年は、先輩達とこれらを使って毎日必ず簡単な掃除をしたものだ。

「一人を言い訳にしちゃだめだよな」

全部に手は回らないが、それでも机と床の埃《ほこり》くらいは掃除しようとまずは箒《ほうき》を手に取った。

「何だよ、一人かよ」

そのとき、意外な声がして行人《ゆくと》は部室の入り口を見た。

「哲也《てつや》？　どうしたんだよ」

「どうしたって、あー、えっと」

部活上がりらしい小宮山哲也《こみやまてつや》がドアに寄りかかっていて、怪訝《けげん》な顔で行人《ゆくと》以外誰もいない部室の中を見回していた。

「まああれだ。お前が心配で見に来たって感じかな」

「ええ？　何だよそれ」

「女子慣れしてないお前が、一年の超絶美少女を部員に勧誘できるのかと思ってよ」

そう言えば、エルフの渡辺《わたなべ》がムーンバックスに現れたのは、哲也《てつや》に泉美《いずみ》のことを聞いたからだということを思い出した。

「それが何で渡辺《わたなべ》さんに話しに行くってことになるんだよ」

「ああなんだ。知ってるのかその辺のこと。てことはあれか」

哲也《てつや》はにやりと笑いながら行人《ゆくと》に近づいてくると、行人《ゆくと》の手の箒《ほうき》を奪ってやおら床を掃き始めた。

「勧誘失敗か？」

「その通りだけど、何で嬉《うれ》しそうなんだよ」

「そりゃお前、行人《ゆくと》が年下美少女と二人部活なんてことにならなくて良かったって心から思ってるからだよ」

「マジで心からの言葉だな。顔見れば分かる」

「まあなー」

運動部は流石《さすが》に狭い部室など一瞬で掃き清めてしまう。

行人《ゆくと》がぐずぐずしている間にロッカーからバケツを拾い上げ、すぐに廊下の水道から水を汲《く》んで戻ってきた哲也《てつや》は、乾ききった雑巾を二枚取ると一枚行人《ゆくと》に投げた。

「でも結果的に正解だったと思うぜ？　あの子、園芸部にも仮入部してたんだろ？　一人部活同士、新入部員を奪い合いなんてしてたら、撮りたいもんも撮れなくなるんじゃねえの？」

哲也《てつや》に『撮りたいもの』のことを詳しく話した記憶はないが、哲也《てつや》は哲也《てつや》なりに、行人《ゆくと》と渡辺《わたなべ》風花《ふうか》との人間関係を慮《おもんぱか》ってくれたのだろうか。

「ありがとな」

「何がだよ」

「掃除手伝ってくれたことだよ」

哲也《てつや》が手伝ってくれたおかげで簡単な掃除は十分もかからず終わり、行人《ゆくと》は日が落ち切る前には学校を出ることができた。

「あー腹減った。行人《ゆくと》、メシ食いにいかね？」

「悪いな。ここんとこ写真現像しまくってて金カツカツなの」

「現像かぁ。フィルムカメラにこだわってんだっけ？　デジカメならプリンター使えるのに、それじゃだめなのか？」

「別にダメじゃないけど、俺のペースでやってたらプリンターでもそんなに安くは上がらないんだよ。コンテスト応募用となると、紙もいいもの使わなきゃだしさ」

行人《ゆくと》はそう言ってから、肩を竦《すく》めた。

「あとはまぁ、今日は俺が晩飯当番だからさ」

「ああ、そうか。じゃあ悪いけど俺はここで。食わないともう倒れそう」

「運動部の腹ってすげぇよな。それで家帰ってまたメシ食うんだろ？」

「お互い様だよ。こっちにしてみりゃ物食う金削ってまで打ち込めるものがあるの、普通にすげぇって思うもん。じゃあな」

学校からの帰り道。上板橋《かみいたばし》駅に続く商店街にある牛丼屋の前で、行人《ゆくと》は哲也《てつや》と別れる。

時間が時間だけに確かに牛丼屋の誘惑は魅力的だったが、今日中に現像することを考えると寄り道していたらいつものカメラ店が閉まってしまう。

何とか今日の閉店間際《まぎわ》に現像が完了するタイミングでフィルムを出すと、行人《ゆくと》は現像までの間にそのままスーパーマーケットに足を向けた。

「牛乳がもうすぐなくなるのと、卵も買わなきゃで、あと明日の朝飯どうしようかな。夜の内に米多めに炊くかパンにするか」

同じ通りの商店街にあるスーパーマーケットを、スマホに記録したメモと冷蔵庫の中の様子を思い出しながら、更に先の予定と財布の都合を考え悩みながら食材をカゴに放り込む。

そうしているうちに、ちょうど現像が出来る時間になって、カメラ店から写真とネガを受け取り、少し重くなった足取りとともに十五分かけて帰宅した。

「ただいまー」

川越街道を常盤台《ときわだい》方向に歩いた先の住宅街にある自宅のドアを開ける。

行人《ゆくと》の声に答える声はなく、家の中には一切照明は灯《とも》っていない。

スマホを何となく見ると、母から、

『多分九時前には帰れるわ』

とだけ連絡が入っていた。

「じゃ、ゆるゆるやるか」

親の帰宅はいつも通り遅いということが分かったので、特に焦《あせ》って夕食を準備することもなさそうだ。

スーパーの買い物をキッチンと冷蔵庫に片付けてから、一旦自室に戻って荷物整理と写真の出来を確認することにする。

カメラの入っている鞄《かばん》を丁寧に床に置くと、カメラを取り出して勉強机の所定の場所に置き、現像された写真を取り出す。

「結構良く撮れてるな。小滝《こたき》さんが気に入るかどうかはともかく」

そこには夕刻の光に虹色に反射する汗を流しながら、鍬《くわ》をしっかり構え真剣な瞳で土を見るジャージ姿の泉美《いずみ》の姿が写っていた。

コンテスト的な意識で見ると、撮影時間と場所のせいで光量が足りていないのが評価に影響しそうだが、単純に人一人の魅力を伝えるならば十分な出来だ。

「でも……小滝《こたき》さんには悪いけど、光りはしなかったんだよな」

机の上のカメラのケースを見やって行人《ゆくと》は何度目かも分からない疑問に首を傾《かし》げた。

このカメラを覗《のぞ》いて見える被写体の輝きと写真の出来に全く関係がないのは、使い始めたこの一年の間に理解している。

誰が見ても明らかに良《い》い被写体のときに輝かず、何故《なぜ》こんなものが？　というものが輝いていたりすることもままある。

輝く被写体を撮ると、わざと構図を外しても不思議と味のある写真に見えるのは気のせいだろうか。

今日撮ったのは泉美《いずみ》だけではない。エルフの渡辺《わたなべ》がフィルムカメラでどう写るか試したくて、本人の許可も得て泉美《いずみ》と一緒に何枚か撮らせてもらったのだ。

「エルフじゃない、な」

本人も言っていたことだが、フィルムカメラだろうがエルフの姿が写ることはないだろうとのことで、実際に現像されたものは日本人渡辺風花《わたなべふうか》の姿だった。

そして今日は何度彼女をファインダーに収めても、エルフの渡辺《わたなべ》がファインダーの中で輝くことはなかった。

「今更だけど何なんだろうな、このカメラ」

父の部屋にあったカメラだが、どこにもメーカーのロゴや刻印などはなく、ネットで検索したりいつものカメラ店で調べてもらっても、メーカーも生産国も分からなかった。

父のカメラコレクションの中で使えるフィルムカメラはこれ一台であり、一般的な市販フィルムが適合するためメーカーが分からなくても困ることはない。

だが父のコレクションの中にも適合するレンズは今つけている一本しかなく、将来違うレンズを使いたいと思ったときには、諦めて別のカメラを使うことになるかもしれない。

「まあ、まだ特別なレンズがいるような写真を撮る予定無いからいいけど……ん？」

そのとき、ポケットの中でスマホが震え、母から夕食のリクエストでもあるのかと何気なく手に取り、画面を見る。

『こんばんは。今日は泉美《いずみ》ちゃんがごめんなさい。私の周囲の事情を話す件で、明日の放課後に私の家に来てもらいたいんだけど大丈夫ですか？　私の家は学校から歩いて十五分くらいのところにあります。返信お待ちしています』

「急だな⁉　そんで本当に近いな！」

泉美《いずみ》の許可もいるみたいなことを言っていたような気もするし、それこそ『エルフ』にまつわることを他人に話すことに家族が関係してはいないのだろうか。

「エルフにまつわる秘密って案外、そんなに重い事情じゃなかったりするんだろうか」

元々想像していたのとは別のベクトルで疑問が疑問を呼ぶが、とにかく既読をつけてしまったので、迅速に返信をしなければならない。

「大丈夫です。明日お邪魔します。……っと」

そう返信すると、熊を模した人気キャラクターの『ありがとう』スタンプが送られてきた。

渡辺風花《わたなべふうか》とスマホで連絡を取り合うようになってから見慣れたスタンプだ。

あまりにいつも通りでこれ以上何か質問を重ねることもできず、なんだか力が抜けてしまった。

「メシ作って、今日は早めに寝よう」

出来上がった写真をエルフの渡辺《わたなべ》と泉美《いずみ》の分にそれぞれOPP袋に分け、制服のブレザーだけ脱ぐと重い足取りキッチンに向かう。

豆腐とカットして冷凍したネギで味噌汁《みそしる》を準備し、同じく冷凍したご飯をレンジで解凍し、賞味期限ぎりぎりのベーコンと乾きそうな人参《にんじん》、半分余った玉ねぎを刻んだものと混ぜてケチャップで炒《いた》める。

最後に牛乳と少しの白だしを加えて溶いた卵で平たい卵焼きを二枚作ってケチャップライスに乗せると、簡易オムライスの完成。二品だけではバランスが悪いかと一瞬考えたが、

「ただいまー」

ちょうどそのタイミングで母が仕事から帰宅したので、諦めて作ったものだけをテーブルに展開した。

「おかえり。丁度メシ出来たよ」

「あー、ありがと。って、オムライスに味噌汁《みそしる》ってどういう取り合わせ？」

行人《ゆくと》の母、大木有紀子《おおきゆきこ》。ビジネスバッグにパソコンや書類をぱんぱんに詰め込み、セミカジュアルなグレーのパンツスーツを着た母は、それらをどっかりと足元に下ろすとさっと食卓についた。

「冷蔵庫の余り物の集大成。明日は色々新しくなるから今日は我慢してくれ。あと疲れてんのは分かるけどメシ食う前にせめて手は洗えよ」

「はいはい。お母さんみたいなこと言わないでよ。こっちは大人よ」

「お母さんはそっちだし大人なら子どもに言われる前に手洗ってくれ」

息子に小言を言われ、口を尖《とが》らせる母はそれでも素直に洗面所に行くと、ものの数秒で帰ってきた。

「本当に手洗ったのかよ。うがいしたか？」

「したって。親に向かって親みたいなこと言わないで。あーお腹《なか》空いた。いただきまーす」

ドタバタと席に着いた母は問答無用で行人《ゆくと》の作った夕食に箸をつけた。

「ん。美味《おい》しい。卵これ、なんか違うの入れてる？」

「白だし。オムライスに味噌汁《みそしる》だから、ちょっとだけ和風のエッセンス入れようと思って」

「親の嫌味を予測して対策してるなんて可愛《かわい》くない子」

有紀子《ゆきこ》は嬉《うれ》しそうに笑いながらオムライスを食べ進め、ふと言った。

「そういやあんた、高校の写真部は、新入部員は入ったの？」

その瞬間、自分も食べ始めようとした行人《ゆくと》がスプーンを持つ手が止まった。

「いや……今のところは」

「そ。まー一人で踏ん張りたくても無理なときはムリになるんだから、ある程度のところで見切りをつけてほどほどにしなさいね。写真なんか頑張ってたってロクなことにならないんだから」

行人《ゆくと》は特に返事をしなかったが、手に持ったスプーンの先が下がった。

「しつこいようだけどさ、将来写真で身を立てようなんて思わないでよ。まだ芸人とか漫画家とかになりたいって言われた方が応援できるわ」

「何度も聞いたよ。……そんな大それたこと考えちゃいないって何度も言ったろ」

「なら結構。まあ未来のことは分からないけど、有名なカメラマンだって最初はどっかの企業勤めだったりするんだから、普通の勉強をしっかりしなさいよ。今日も会社で新卒の子達何人かと話したんだけど、今時の子ってかなり物の考え方が堅実でね……」

母の話が会社の雑談と愚痴にシフトし始めて、行人《ゆくと》はようやく自分もオムライスを食べ始めることができた。

それらに適当に相槌《あいづち》を打っていると、品目の少ない夕食はすぐに終わってしまう。

「ごちそうさま。あーもう今日は限界。シャワー浴びたらもう寝るわ」

「ん。あのさ、母さん」

行人《ゆくと》は食器をシンクで水に漬けながら、足早に脱衣所へ向かおうとする母の背に声をかけた。

「父さんもそうなの？」

「何がー？」

「有名なカメラマンだって最初はどっかの企業勤めだったって話」

「あー」

母の返事は、気だるさでいっぱいだった。

「お父さんがどうであれ、あんたは余計な事考えないで、とりあえずある程度いい大学に進んでおきなさい」

そして全く答えになっていないことを言って、話は終わりとばかりにさっさと風呂場《ふろば》に行ってしまった。

こうなるともう話はここで終わりだ。

行人《ゆくと》としても話を続けたかったわけではなく、母の圧力に対するちょっとした抵抗くらいのつもりで聞いただけのことだ。

母に聞かずとも、行人《ゆくと》自身はその答えを知っている。

「別に何がなんでもって言うつもりはないけどさ」

母の耳には届かない声には、特に大きな感情の波が乗ることはなかった。

「しつこく押さえつけられると、逆らいたくなるのは子どもの本能だわな」

母は愚かな人間ではない。仕事で毎日忙しい母が、ちょっとした瞬間に色々言いたくなる気持ちが分からないほど子どもでもないつもりだ。

だが、やっぱり間の悪さというのはあるもので。

「コンテスト、入賞しないとな」

ダイニングの照明を落とし、階段を上がって自室に戻る途中にあるのは父の書斎だ。

「明日のことが俺の写真にどう影響するか分からないけど、やると決めたからにはやるよ」

父の書斎の扉は行人《ゆくと》の声を受け止めるだけで、何の返事もない。

むしろそのことを確かめたかのように行人《ゆくと》は頷《うなず》くと、自室に戻りその夜はもう母と顔を合わせることはなかったのだった。

◇

翌日の放課後。部活を休みにして正門前で待っていたエルフの渡辺《わたなべ》のそばには、全人類の予想通り小滝泉美《こたきいずみ》の姿があった。

「いや、まあ、予想はしてたけど」

「ふん。私が風花《ふうか》ちゃんをセンパイと二人きりにさせるわけないでしょ!」

もはや子猫を守る親猫の如《ごと》く、今にも爪と牙を剝《む》いてきそうな勢いだ。

「泉美《いずみ》ちゃん！」

「ぶみゃ！」

「私が大木《おおき》くんを招待したんだから失礼なことしないの！　と言うか泉美《いずみ》ちゃん！　大木《おおき》くんは先輩なんだから生意気言わないの。話が進まないからちょっと下がってて！」

「べ、別にいいじゃん。センパイ気にしてないっぽいし！」

「そりゃ気にしてはいないけど、そっちから言われるのは違……まあいいや」

エルフの渡辺《わたなべ》に叱られてもなお二人の間に割り込もうとする泉美《いずみ》に、行人《ゆくと》は諦め顔だ。

「もう……ごめんね大木《おおき》くん。今日は泉美《いずみ》ちゃん、正直いてもいなくてもいいんだけど」

「風花《ふうか》ちゃんヒドいっ！」

エルフの渡辺《わたなべ》らしからぬ辛辣さに、泉美《いずみ》はかなり真剣にショックを受けている。

「それでもどうしても着いて来るって言って聞かないし、もしかしたら何か補足してもらえるかもと思って、諦めて着いてきてもらうことにしました」

「うん、いや、特に理由はなくても絶対いるだろうと思ってたから、別にいいよ」

「センパイのくせに人を邪魔者みたいに！」

「後輩のくせにそういうこと言わないの。あんまりひどいこと言うと家に入れないよ」

「一年先に生まれただけでそんなに偉いのかー！」

「もう行くよ。大木《おおき》くん、行こ」

た。

「あ、う、うん」

しつこく元気に騒ぐ泉美《いずみ》をこれ以上相手にせず、エルフの渡辺《わたなべ》は行人《ゆくと》の手を取って歩き出した。

「ちょ、ちょっと！　待ってよ風花《ふうか》ちゃん！」

泉美《いずみ》を隣に立たせないためか、エルフの渡辺《わたなべ》は右肩に鞄《かばん》を掛け、左手はずっと行人《ゆくと》の手を握り、離さなかった。

本当に離さなかった。行人《ゆくと》の指先を強く握りながら、行人《ゆくと》の半歩前を引っ張るように早足で歩くのだ。

行人《ゆくと》は指先から伝わるエルフの渡辺《わたなべ》のしっとりとした手の感触と、背後から伝わる泉美《いずみ》の憎《ぞう》悪《お》と嫉妬の視線で精神の寒暖差が酷《ひど》いことになる。

「あ、あの、渡辺《わたなべ》さん？」

「迷っちゃったら大変だから」

エルフの渡辺《わたなべ》は、伏し目がちに行人《ゆくと》の方を見ず早口で答える。

「い、いや、子どもじゃないし街中なんだから、迷ったりは……」

「いいの！　それとも……大木《おおき》くんは、手つなぐの、嫌？」

ここで初めて行人《ゆくと》の方を振り向き、上目遣いにそんなことを尋ねてくる。

「い、え、あ、嫌じゃないけど、そりゃあ……もちろん」

行人《ゆくと》と言うより、男子高校生という悲しい生き物の偽らざる感情がそう答えさせ、

「よかった」

結果、エルフの渡辺《わたなべ》が嬉《うれ》しそうに笑顔を浮かべるなら、もうそのまま行く以外の行動をとる奴《やつ》は人間ではない。

「風花《ふうか》ちゃんはスクバの端っこにでも摑《つか》まってて」

「泉美《いずみ》ちゃん私も迷う～！」

泉美《いずみ》の甘えた声に、エルフの渡辺《わたなべ》は冷たい声で答えるが、泉美《いずみ》は言われた通りにエルフの渡《わた》辺《なべ》のスクールバッグの端を指先で摘《つま》み、とりあえず行人《ゆくと》を一睨《ひとにら》みするも静かにはなった。

「もうすぐ着くよ」

行人《ゆくと》の感覚では十五分も歩いていないように思えるが、早足だったからだろうか、思いの外早いタイミングでエルフの渡辺《わたなべ》がそんなことを言い出した。

「そ、そうなんだ。というかこの辺もう、練馬区だよね？」

南板橋高校《みなみいたばしこうこう》は、住所は板橋区だが練馬区との境界近くにあり、当然その双方には多くの学生が住んでいる。

学校の西、練馬区側は住宅街が広がっているため行人《ゆくと》は全く足を踏み入れたことがない。

「何だか、同じような家が多いんだね」

「……うん。そうかもね」

似たような外観の似たような規模の一軒家が立ち並ぶ界隈《かいわい》を数分歩く。

そのとき、唐突に上空を飛行機が飛び行く音が聞こえ、行人《ゆくと》は顔を上げた。

登下校中はしょっちゅう飛んでいる飛行機の音に、今の数分気づかなかったのは、女子と手をつないで女子の家に行く途中であるというシチュエーションから発生した緊張のせいだろうか。

「着いたよ」

そう言われてはっと視線を元に戻すと、三人は特筆すべきもののない住宅街の中の、一軒家の前に立っていた。

「お、おお、ここが……」

一軒家に対し特徴がない、と言うのは失礼だが、とにかくそれくらい普通の一軒家なのだ。

間口は広めの二階建てで、クリーム色の外壁に黒いスレート瓦。一階は半分が車のガレージになっていて、今の時点で車がなく自転車が二台並んでいるが、エルフと自転車という単語がなんとも結びつきにくい。

広くはないものの庭は芝も植木もよく整備されており、小さな花壇にはエルフの渡辺《わたなべ》の手によるものか可愛《かわい》らしい赤と白の花が咲いている。

そして、門の脇にあるのは『WATANABE』の表札と区役所でもらえる番地表示。

もし『渡辺風花《わたなべふうか》の家』として訪れたら、彼女のイメージ通りの瀟洒《しょうしゃ》で上品な家だと思ったことだろう。

『エルフの渡辺《わたなべ》の家』として訪れた行人《ゆくと》の目には、予想を超えるものが何一つない、あまりにも普通な家として映ってしまった。

はっきり言って、庭が綺麗《きれい》なことくらいしか行人《ゆくと》の家との違いがない。

玄関ドアが開かれると、そこにはやはり行人《ゆくと》の家と変わらぬ風情《ふぜい》の玄関。下駄箱《げたばこ》の上に、行《ゆく》人《と》の家でも使っている住宅用消臭剤が置かれていた。

「どうぞ、二人とも上がって」

「お、お邪魔します」「お邪魔しまーす」

緊張している行人《ゆくと》と、慣れた様子の泉美《いずみ》が玄関を上がると、上がってすぐの場所にある襖《ふすま》をエルフの渡辺《わたなべ》が開いた。

「ど、どうぞ、大木《おおき》くん、入って」

い草の香りが微《かす》かに残る明るい色の畳。

橙色《だいだいいろ》の座布団《ざぶとん》に囲まれたシックなちゃぶ台が部屋の真ん中にあり、押し入れと反対側の壁《かべ》際《ぎわ》に使い込まれた勉強机。ベッドはなく大きめの本棚と背の高い衣装箪笥《だんす》がある。

「好きな座布団《ざぶとん》に座っててください。お茶入れてくるから」

まさかの和室だった。

和室に思うところはない。行人《ゆくと》の家にも和室はある。

　だが、エルフが和室に布団《ふとん》を敷いて眠る姿は、想像はできるけれども未《いま》だかつて想像したことのない絵面《えづら》ではあった。

「風花《ふうか》ちゃんの部屋久しぶりだなー」

　泉美《いずみ》がスクールバッグを部屋の隅に丁寧に置くと、慣れた様子で座布団《ざぶとん》の一つに座り込む。

　行人《ゆくと》も、泉美《いずみ》のすぐ隣にならない位置の座布団《ざぶとん》に遠慮しながら座り、鞄《かばん》を傍《かたわ》らに置く。

「すぐ戻るから。泉美《いずみ》ちゃん。大木《おおき》くんに失礼なことしちゃだめだよ」

　泉美《いずみ》に釘《くぎ》を刺すと入り口の襖《ふすま》を閉じ、素早く階段を下りてゆく音が聞こえ、泉美《いずみ》と二人きりのやや気まずい空気が生まれる。

「え、ええと、小滝《こたき》さんは、よく渡辺《わたなべ》さんの家には来るの？」

「三ヶ月ぶりくらい。中三の後半は受験とかで忙しかったし。それが何？」

「あ、いや、そうなんだ」

　短すぎる会話が終わって、まだエルフの渡辺《わたなべ》は戻ってこない。泉美《いずみ》がスマホをいじり始めてしまったので、行人《ゆくと》は落ち着かなげに周囲を見回す、
　少なくとも、室内に『エルフ』を想起させるような要素は全く見当たらなかった。

　学習机は小学生の頃からそのまま使われていそうなライトブラウンの合板製。学習椅子には少し毛玉の浮いた掠《かす》れた水色のクッション。

　二人で囲んでいるちゃぶ台は新しめのもので、和柄のカーペットの上に設《しつら》えられている。

本棚にあるのはどれも行人《ゆくと》が理解できる本だった。

教科書や参考書。草花や園芸に関する本や図鑑が多く見られ、背表紙のタイトルは全て日本語で書かれている。

ざっと見、漫画や娯楽本の類は見つけられなかった。

「渡辺《わたなべ》さんの写真……」

そして、壁にはいくつもの写真が飾られていた。

大きいのは中学の修学旅行だろう、京都の寺か神社らしき場所での集合写真に、小学校の入学式の一幕らしいランドセルを背負った幼少の頃の写真。

そしてある意味でこの事態の原因となった菊祭りの写真。

誰が撮影した者かは分からないが、あの巴錦《ともえにしき》の一輪挿しと一緒に写った神社での写真。

敢闘賞の表彰状と一緒に玄関前で撮影した写真。

写真に写っているのはどれも黒髪の、それでも確かに笑顔を浮かべた行人《ゆくと》のよく知る渡辺《わたなべ》風《ふう》花《か》の姿そのものだった。

そして学習机の本棚に小さな写真立てが乗っていた。

飾られているのは行人《ゆくと》が菊祭りで撮ったあの巴錦《ともえにしき》の写真だった。

「センパイ、風花《ふうか》ちゃんの部屋じろじろ見すぎじゃない？」

「いや、そんなこと言われても」

泉美《いずみ》が全く会話する気がないのだから仕方ないではないか。

「風花《ふうか》ちゃんの写真、気になる？」

「あ、ああ、そりゃ、まあ……飾られてるし」

「本当にそれだけ？」

「え？　それだけ、って……」

泉美《いずみ》の声には例によって明らかに不満そうな色が含まれている。だが今の短い会話のどこが泉美《いずみ》の気に障《さわ》ったのか分からず、行人《ゆくと》は戸惑ってしまった。

「ちなみにセンパイ、コレ、どう見える？」

差し出してくるのは彼女のスマホ。画面には真が表示されている。

そこにはイズミと『渡辺風花《わたなべふうか》』が並んで写っていた。エルフの渡辺《わたなべ》ではない。

二人が大写しになっているので背景がよく分からないが、二人とも高校のジャージを着ているので恐らくは学校内のどこかだろう。

「どうって……」

「風花《ふうか》ちゃんがどう見えるかって聞いてるの。エルフ？　黒髪？」

「黒髪に見えるけど」

行人《ゆくと》は素直にそう答える。

「あっそ。ところでさ、そこの本棚」

「え？」

「風花《ふうか》ちゃんの小学校と中学校の卒業アルバムが入ってるんだけど」

「それが何？」

「何って、こういうときって女子不在のときに気になるものこっそり見たり開けたりして、きゃー何やってるのよー！　ってのが定石《じょうせき》でしょ。こういうときの」

「何の定石だよ」

行人《ゆくと》は呆《あき》れて首を横に振った。

「男子とか女子とか関係なく、初めて上がった友達の部屋の物、持ち主の許可なく触ったり開けたりするわけないだろ」

「つまんないの。まあ私は何度も見たから勝手に見るけど」

「何だよそれ」

言いながら泉美《いずみ》は行人《ゆくと》の目の前でアルバムらしい大型の冊子を引き抜いて開こうとする。

「俺は見ないよ」

「そんなこと言って興味津々《きょうみしんしん》のくせに。ほらほら、風花《ふうか》ちゃんの昔の写真、見たくない？」

そのとき、やや勢いよく入り口の襖《ふすま》が開いて、しかめっ面《つら》のエルフの渡辺《わたなべ》が現れた。

「泉美《いずみ》ちゃん！　聞こえてるよ！」

「おっと」

エルフの渡辺《わたなべ》は私服に着替えて来たらしい。

その手には、独特なくびれを持つ木製の、湯気がくゆる取っ手の無いカップが三つ載ったお盆を持っていた。

その姿を見て、行人《ゆくと》は小さく息を呑《の》む。

ゆったりしたニットを着ると、学校で見るよりも色々なものが少し大きく見えた。

そのよこしまな思いは時間にして一秒にも満たなかった。まだ何の話もしていないこの状況で妙な下心の気配を出せば、また泉美《いずみ》が厄介な反応を示すに決まっているのだ。

行人《ゆくと》は鉄の自制心で心頭滅却する。

「大木《おおき》くんはそういうことするような人じゃありませんから！」

少し乱暴にトレーをちゃぶ台に置いて、カップをそれぞれの前に配った。

「ありがとう……ん？」

見慣れない形状のカップに、これまた見慣れないものが付属しているのを見て、行人《ゆくと》の意識はニットに包まれた大きなものから完全にそちらに行った。

湯気がくゆるくらいの温度の、嗅ぎなれないフルーティーな香りのお茶のようだが、金属製のストローのようなものがカップに入れられていて、カップの底では茶葉らしきもややもがそこその量、沈殿している。

「温かい？」

軽く持ち上げて金属のストローを摘《つま》むと、熱くはないがぬるくもない。口をつけるのに少し準備の必要そうな温度だった。

「淹《い》れ立てで少し熱いと思うから、気をつけて飲んでね」

「紅茶っぽい匂いだけど、ホットをストローで飲むの？」

「そうなの。こういう形なんだけど」

エルフの風花《ふうか》はくびれカップからストローを引き上げてみせる。

細かい細工が施された金属のストローで、先端がスプーン状に広がっていて、そこに同じ材質の金属フィルターで蓋がされている。

「ああ、これストローが茶漉《ちゃこ》しになってるんだ」

緑茶や紅茶などを茶葉から淹《い》れる際は、急須やティーポットに茶葉とお湯を入れて、ポットの口にあるフィルターで茶葉を漉《こ》してお茶を飲むのが一般的だろう。

だがこのお茶は、カップに茶葉とお湯を直接入れて茶を抽出し、この金属ストローの先端で茶葉を漉《こ》して飲むのだろう。

「風花《ふうか》ちゃんこれ好きだよねー」

泉美《いずみ》は慣れているようで、かなり熱めの金属ストローに躊躇《ためら》わず口をつけてゆっくりとお茶を飲む。

それに倣《なら》って恐る恐るストローに口をつけると、指で触った印象ほど熱くない。

第一印象に違《たが》わぬ爽やかでフルーティーな香りがする、砂糖由来ではない甘さすら感じる美《お》味《い》しいお茶だった。

「へぇ、初めて飲んだけど、これ美《お》味《い》しいね！」

「本当？　気に入ってもらえてよかった」

「この食器類も初めて見るよ。不思議な形だな」

「うん。カップはクィア。ストローはボンビーリャとかボンビージャって言ったりするの」

全く解説になっていないが、見たことのない食器は聞いたこともないものだと分かった。

見たこともない文化の食器ということは、もしかしてこのお茶も食器も、エルフや魔法に関連する、今日の話の核心に迫るものなのだろう。

使い込まれている様子の木のカップや、銀細工の美しいストローで爽やかな香りのするお茶を飲むエルフの渡辺《わたなべ》の姿は、はっきり言って絵になった。

「渡辺《わたなべ》さん、このお茶って……」

「私のお気に入りなの。小さい頃からずっと飲んでるんだ」

「そうなんだ。その、もしかしてこれって渡辺《わたなべ》さんのルーツに……」

「私の、ルーツ？　何が？」

その姿に思わず見とれつつも問う行人《ゆくと》の耳に、突如冷静で硬質な泉美《いずみ》の声が突き刺さる。

「これ、マテ茶っていう中南米のお茶。クィアとボンビーリャはスペイン語で、アルゼンチンでマテ茶を飲むとき使われてる食器」

「紛らわしいっ‼」

泉美《いずみ》の声が脳内で意味を持った瞬間、行人《ゆくと》は耐え切れずに突っ込んだ。

「えぇっ⁉」

「そう思ったから早めに言った」

エルフの渡辺《わたなべ》は心外そうな声を上げるが、完全にサラマンダーやミスリルソードと同じ流れだった。

そしてここに来て初めて泉美《いずみ》がエルフの渡辺《わたなべ》に冷ややかな目線を送る。

「風花《ふうか》ちゃんさ、マテ茶まではいいとして、クィアとボンビーリャは完全に誤解させに行ってるから、次の機会があったらやめた方がいいと思うよ。特にこのボンビーリャ、ちょっといい奴《やつ》でしょ。細工が綺麗《きれい》だからちょっとファンタジー風味強すぎ」

「で、でもマテ茶は飲むサラダって呼ばれるくらい栄養価の高いお茶なんだよ？」

「そういう話してるんじゃないんだって。っていうかそろそろもうセンパイの方もツッコミ入れられるくらいはリラックスしてきたんだから、身の上話、するべきじゃないの？」

エルフの渡辺《わたなべ》のピントのずれた抗議を一撃で沈めた泉美《いずみ》は、行人《ゆくと》の方に顎をしゃくった。

「センパイはエルフが何なのか、風花《ふうか》ちゃんの正体が何なのか、知りたいんでしょ」

「う、うん。そうだね」

行人《ゆくと》もこの時ばかりは、泉美《いずみ》がいてくれてよかったと心から思った。

エルフの渡辺《わたなべ》は厳しい顔つきでクィアをちゃぶ台に置くと、一つ覚悟を決めるように大きく息を吐いた。

「大木《おおき》くん。『エルフ』って言葉は、どこから来たか知ってる？」

「言葉がどこから来たか？　語源の話？」

「そう。日本語だとカタカナで『エルフ』って言うけど、遡《さかのぼ》ると八世紀頃にイギリスやアイルランド、デンマークやスカンジナビア半島周辺で話されていた古ノルド語のアールヴっていう北欧神話に登場する概念から来ていて、そこから色んな国の言葉に変化していったの」

「そ、そうなんだ」

行人《ゆくと》は、エルフやドワーフ、ゴブリンやドラゴンなど、当世の日本で共有されるファンタジー上の存在を表す単語の語源など、これまで考えたこともなかった。

漠然とヨーロッパのどこかなんだろうなーくらいにしか思っていなかったが、それが時代と地域を具体的に絞られたというただそれだけで、急激に概念の解像度が上がった気がした。

「ってことは……まさかだけど、エルフは実在するってこと？　その、長い耳と、普通の人間とは比べ物にならないくらい綺麗《きれい》な髪や外見を持ってて、魔法が使える人類がいるの⁉」

「綺麗《きれい》って……もう、大木《おおき》くんったら……」

「あーもーやってらんない」

行人《ゆくと》としては信じがたい知見について確認したかっただけだのだが、エルフの渡辺《わたなべ》は面映《おもは》ゆそうにしていて、泉美《いずみ》はつまらなそうに鼻を鳴らした。

「落ち着いて、大木《おおき》くん。その、評価はありがたいんだけど、そういうことではないの。正確には八世紀頃に初めて、後にエルフと呼ばれるようになる私達の御先祖様が、地球にやってくるようになったの」

「地球にやってくるようになった？」

ファンタジーかと思ったら、急にＳＦが始まったので、行人《ゆくと》はまた困惑する。

「ん？　え？　まさか、宇宙人……異星人的なこと？」

「異星……かどうかは、実は分からない。でもこの場合は地球って言うしかないの。だって地球には『地球』以外に『自分達の世界』を示す固有名詞が無いでしょう？」

エルフの渡辺《わたなべ》は行人《ゆくと》の疑問の表情を掌《てのひら》で押しとどめると立ち上がる。

「大木《おおき》くん達が呼ぶ私の種族『エルフ』。私達自身の言葉で『サン・アルフ』は、今から千二百年前、世界を渡る力を手に入れた」

部屋の押し入れの襖《ふすま》を背にし、エルフの渡辺《わたなべ》は言った。

「私は、異世界からこの日本に来たの」

「異世界って……」

「泉美《いずみ》ちゃんに、今は異世界って単語が一番分かりやすいだろうって言われたの。ナチェ・リヴィラ。それが私の生まれた世界の名前。エルフは世界を渡ってこの地球にやってくる」

行人《ゆくと》も、異世界の概念くらいは理解している。

ここではないどこか。時に死後に転生したり、時に時空を渡ったり、時に召喚されたり。

地球の、日本の常識がある意味で通じ、ある意味で通じない場所。

どこまで行っても空想上の場所。

「いきなりこんなこと言われても、混乱するだけだよね。空想と現実の区別がついてない痛い子、みたいな」

「い、いや、そんなことは。でも、まぁさすがに……」

エルフと魔法は、確かに行人《ゆくと》自身の目で見て体験もしている。

だが逆に言えば、行人《ゆくと》が知覚しているのはエルフの渡辺《わたなべ》の外見と、その外見が自分と泉美《いずみ》以外には見えていないこと、この二点だけだ。

このたった二つの事象のみを根拠にするだけでは、それ以外の全てのファンタジー的事象を肯定することはできない。

「だからね、今日は大木《おおき》くんを、私の故郷にご招待しようと思います」

「へ？」

「大木《おおき》くんにとっての異世界、ナチェ・リヴィラで、続きを話したいんだけど、大丈夫？」

未《ま》だかつて、ここまで何が大丈夫なのか分からない大丈夫の問いかけがあっただろうか。

異世界ナチェ・リヴィラ。何の判断材料にもならない初耳の固有名詞を突然ぶち込まれて、行人《ゆくと》の思考は停止してしまう。

その様子を不安に思ったのか、エルフの渡辺《わたなべ》は途端に早口になった。

「あ、あのね、いきなりで不安かもしれないけど、歩いてすぐだしお金もかからないし手ぶらで行けるし、行ってみて気に入らなかったらすぐ戻れるから！」

「駅近スポーツジムの体験入会じゃないんだから？」

行人《ゆくと》が若干怖気《おじけ》づいていることに気づいたのか、エルフの渡辺《わたなべ》は少し早口でそう言うと、やおら押し入れの襖《ふすま》に手をかけガラリと引き開けたのだ。

「ほら見て！　何も危ないことはないし、それに、ここから行けるから！」

なんの変哲もない和室の、何の変哲もない押し入れの襖《ふすま》。

今、それが微《かす》かな光を纏《まと》いながら、本来あるべき薄暗い収納スペースではなく、木と草と土と花と太陽の光に満ちた、どことも知れぬ広大な空間を内包しているのだ。

「二人が履けるサンダルもここにあるから」

そう言うと、今度は無造作に反対側の襖《ふすま》を開ける。

そこには行人《ゆくと》も予想できる布団《ふとん》やカラーボックスなどが置いてあり、その隙間からサンダルを三足取り出した。

「どうかな⁉」

学習机の引き出しに時空の扉とか、駅の柱に魔法世界への入り口とか、宇宙の特定のポイントを繋《つな》ぐワームホールとか、そういう話は行人《ゆくと》が生まれる前からいくらでもある。

だが、エルフが和室の押し入れの襖《ふすま》に、歩いてすぐでお金もかからず手ぶらで行けて気に入らなければすぐに帰れる異世界へのゲートを繋《つな》げているという話は流石《さすが》に聞いたことがなかった。

「どうして押し入れに繋《つな》げたの⁉」

エルフの渡辺《わたなべ》はそのツッコミを流し、底の厚めのつっかけサンダルを行人《ゆくと》と泉美《いずみ》の分を丁寧に並べると、境界の向こう側にそっと置き、まるで窓からベランダに出るように、その境界を越える。

「とにかく！　……大木《おおき》くん。来て」

エルフの渡辺《わたなべ》があまりに自然に境界を越えたその仕草が、これまでの全てのツッコミを引っ込めた。

境界を越えて差し出される手を思わず取った行人《ゆくと》は、エルフの渡辺《わたなべ》の細腕に引かれ、まるで窓からベランダに出るように、その世界へと足を踏み出した。

その瞬間、耳に聞こえる音、鼻に感じる匂い、肌に触れる風と気温、目に映る七色の光までが明確に変わり、行人《ゆくと》の上に広大な空が、目の前に広大な草原が広がった。

「ようこそ、ナチェ・リヴィラへ」

そう言って頬を染めたエルフの渡辺《わたなべ》が手を離した瞬間、急激に自分がこれまでと異なる大地に立っているという実感がわき、

「すげぇ……」

ファインダーを通さずとも目に映る全てが輝いて見える稀有《けう》な瞬間に身が震え、思わず声が漏れる。

そんな行人《ゆくと》の姿に微笑《ほほえ》んだエルフの渡辺《わたなべ》が、優しく言葉を紡《つむ》いだ。

「私達、ナチェ・リヴィラのエルフ、『サン・アルフ』は祖先の罪を清算する責務を負っているの。かつてナチェ・リヴィラを混沌《こんとん》に陥《おとしい》れた『魔王』はサン・アルフの者で、討伐される寸前で地球のどこかに逃げた。以後二百年、サン・アルフはこのアストティラン浮遊監獄島から出ることは許されず、異世界に逃げた魔王を討伐するために姿を隠して地球のあちこちに姿を隠して溶け込み、魔王を探し討伐しなければならない。それが私達の罪で、贖罪《しょくざい》。私もそんなサン・アルフの一人で、一族の秘密が私の秘密なの。それじゃ帰ろうか」

「いや帰れるか!!」

感動の言葉に続いて行人《ゆくと》の口から飛び出したのは、人生最大級の突っ込みだった。

chapter_5

005

The Elf Named Watanabe

VOL-1

第五章
渡辺風花は日本人の苗字に詳しい

#エルフの渡辺　#電撃文庫

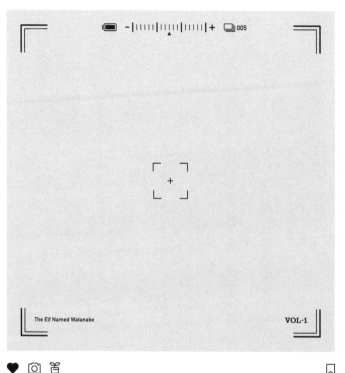

「いや帰れるかぁ!!」

「センパイいきなり何大声上げてんの!?」

行人《ゆくと》に続いて境界の襖《ふすま》をくぐり出てきた泉美《いずみ》は目を丸くしているし、エルフの渡辺《わたなべ》もまた行《ゆ》人《と》の荒れ方に驚いていた。

「お、大木《おおき》くん!? どうしたの!?」

「いや帰れるかぁ!!」

行人《ゆくと》はまた同じことを口にする。

「え、だって大木《おおき》くんナチェ・リヴィラに来るのすごく不安がってなかった?」

「そりゃ不安だったけどさ! でもだからって入り口から十メートルも離れずに帰ろうはちょっと早すぎるでしょ!?」

「え、えーとぉ」

「考えてみてよ! 沖縄に行った人が那覇空港から出ずに沖縄に行ったって言えると思う!? 北海道に行った人が新千歳空港《しんちとせくうこう》から出ずに北海道に行ったって言えると思う!?」

「わ、私沖縄は行ったことないけど、新千歳空港《しんちとせくうこう》はそこそこ北海道ゲージ溜《た》まるくらいには満足度高いと思うの」

「知らないよ! 俺は沖縄も北海道も行ったことないんだから! っていうか渡辺《わたなべ》さん北海道行ったことあるんだね!」

「そういえば風花《ふうか》ちゃん、定期的に北海道のお土産くれるよね」

エルフが親友に見繕う北海道のお土産チョイスが気になるが今はそれどころではない。

「とにかくさ！　北海道や沖縄に連れて行ってくれるって言われたのに、空港から出ずに帰ろうとか言い出したらなんでぇ？　って誰でもなるでしょ⁉　別に冒険したいとか特殊能力に目覚めたいとか言わないよ！　でもさすがに、さすがにさ！　もう少しなんか新しいもの見たいっていうかさ！」

「そ、そういうものなの？」

「そういうものだよ！　ていうか渡辺《わたなべ》さんさらっと流したけどサン・アルフだの魔王だの浮遊監獄島だの普通じゃないワードをさ、こう、もう少し何て言うかこう、大事に話してほしいっていうかさ！」

「あー、まぁ、風花《ふうか》ちゃん割とそういうとこある」

「でも大木《おおき》くん、考えてみて。逆に日本人なら自分の秘密を誰かに話すとき、渡辺《わたなべ》姓は嵯峨源《さがげん》氏《じ》の流れを汲《く》む名字で有名な大妖怪酒呑童子《しゆてんどうじ》を切った渡辺綱《わたなべのつな》が祖で、なんて話、さらっと流さない？　っていうかそんなこと話題にしないと思わない？」

「しな……い、けど、いやそういう話じゃなくない⁉」

「大木《おおき》くんが言いたいことも分からないではないけど、私にとってはそういう話なの」

そう言うと、エルフの渡辺《わたなべ》は淡く微笑《ほほえ》んで、目を伏せる。

「ちなみにだけど大木《おおき》姓は下総《しもうさ》か筑後《ちくご》の豪族がルーツだって説があるけど、その頃は『おおぎ』って発音されてて、諏訪《すわ》神党《しんとう》系にもルーツがあるって言われてるよ」

「異世界に来てそこまで珍しくもない自分の苗字《みようじ》のルーツをエルフの女の子の口から知ることになるとは思わなかったよ。神妙な顔して何言い出すの」

「そんな！　大木《おおき》姓はかなり珍しいんだよ！　日本の人口に占める割合は３００位未満で！」

「何でそこまで俺の苗字《みようじ》に詳しいんだよ！　多分うちの親もそんなこと知らないよ！」

「大木《おおき》姓はエルフが選びがちな苗字《みようじ》だからなの！」

「エルフが選びがちな苗字《みようじ》って日本語初めて聞いたよ！　おかしいでしょ異世界に来て詳しく聞く話が自分の苗字《みようじ》のルーツでそれをエルフが選びがちとか！」

広い空と草原の中で突っ込み疲れた行人《ゆくと》は思わず膝に手をあてて蹲《うずくま》りそうになる。

「異世界日本に住むことを決めたエルフが選びがちな苗字《みようじ》五選の第一位は『森』なの」

「ショート動画か」

「それで二位が、えっと、『大木《おおき》』。そこに『ユクト』は、エルフ的にはカッコよすぎてできすぎてるなって思うくらいかっこいい名前なの」

少しもじもじしながらかっこいいとか言わないでほしい。ドキドキしてしまう。

ドキドキしながら後頭部に泉美《いずみ》の冷たい視線を感じた気がして、行人《ゆくと》は咳払《せきばら》いをすると、エルフの渡辺《わたなべ》に先を促す。

「……ちなみに三位と四位と五位は」

「大杉。渡辺《わたなべ》。じゅがみ」

「じゅがみ？」

「大樹《たいじゅ》の樹《じゅ》に神様で『樹神《じゅがみ》』。木の魂から発展した苗字《みょうじ》だから『こだま』って読みが一般的だけど、それだと児童の玉の児玉《こだま》とまぎらわしいから、樹《き》の神様って響きがある『じゅがみ』や『じがみ』って名乗りたがるエルフが多かったみたい。愛知県に多い苗字《みょうじ》なんだって」

「本当にある苗字《みょうじ》なんだ……ていうかその話しぶりだと愛知県に結構な数のエルフがいることにならない？」

「どうなんだろう。私個人の知り合いはいないけど……」

知り合いでないエルフならいると言っているに等しい一言に行人《ゆくと》は微《かす》かに戦慄した。

少なくとも渡辺風花《わたなべふうか》以外にも、日本にエルフが存在することだけは間違いないのだから。

「全体的に樹木に関する苗字《みょうじ》が多いのはエルフっぽいなと思わなくもないけど、でも、じゃあ『渡辺《わたなべ》』は何で？」

「渡辺綱《わたなべのつな》以降の渡辺《わたなべ》姓は、川の渡しや造船を生業とする人達の名前なの。ナチェ・リヴィラの辺境から異世界の極東に渡るエルフには相応《ふさわ》しい名前だと思わない？」

自分の苗字《みょうじ》すらそこまで深く考えたことのない行人《ゆくと》だが、渡辺風花《わたなべふうか》であるエルフの渡辺《わたなべ》がそう言うと、単純にもそう思えてしまう。

そのときつい納得しそうになった行人《ゆくと》の耳に、静観していた泉美《いずみ》の冷たい一言が刺さった。

「満足した顔してるとこ悪いんだけどさ、センパイは異世界に来て新たに知ることがエルフが選びがちな苗字《みょうじ》五選でいいの?」

「あ、いや、良くない。良くない! 良くはないけど……!」

行人《ゆくと》は冷たい視線の泉美《いずみ》と穏やかな笑顔を浮かべるエルフの渡辺《わたなべ》を交互に見て、弱々しく言う。

「知りたいこと自体はもう、大体分かっちゃった……から」

「はあ? 本気で言ってるの?」

「う、うん、だって渡辺《わたなべ》さん達ナチェ・リヴィラのエルフ、『サン・アルフ』は祖先の罪を清算する責務を負っていて、かつてナチェ・リヴィラを混沌《こんとん》に陥《おとしい》れた『魔王』がサン・アルフ出身で、討伐される寸前で地球のどこかに逃げたからそれ以後二百年、サン・アルフは今俺達が立ってるらしいアストティラン浮遊監獄島から出ることは許されず、仕方なく異世界に逃げた祖先の魔王を討伐するために姿を隠して地球のあちこちに姿を隠して溶け込み、魔王を探すのが罪で贖罪《しょくざい》で、渡辺《わたなべ》さんもそんなサン・アルフの一人で、一族の秘密が渡辺《わたなべ》さんの秘密なんだってこと、最初に話してくれたし」

「大木《おおき》くん、スゴいね。たった一回聞いただけで」

「渡辺《わたなべ》さんが言ったことだし」

「風花《ふうか》ちゃん。今のは乙女の目になるとこじゃない。ちょっとヒイとくとこ」

エルフの渡辺《わたなべ》がさらっと流したことを、行人《ゆくと》視点に変えただけでほぼ正確に暗唱した行人《ゆくと》の本気の目に、泉美《いずみ》は素直にドン引きしている。

「だから正直現時点でこの世界やエルフについて表面的にしか知らない俺が渡辺《わたなべ》さんを取り巻く環境について何か意見したり干渉したりとかは現時点でできないだろ」

「……マジで言ってる？」

「マジで言ってる。少なくともあの押し入れの入り口から十メートルも離れてない今、何かを断言するような浅はかで無責任なことは俺にはできない。ただ……一つだけ気になることと言うか、試してみたいことがある」

そう言うと行人《ゆくと》は、押し入れの境界を振り返った。

「まだ行き帰りできるよね」

そう確認して、行儀よく境界の手前でサンダルを脱ぐとエルフの渡辺《わたなべ》の部屋に戻り、すぐにあるものを手に帰ってきた。

それを見てエルフの渡辺《わたなべ》は目を見開き、泉美《いずみ》は少しだけ面白くなさそうに鼻を鳴らした。

「この世界で渡辺《わたなべ》さんを撮ったらどうなるか、試したいんだけど、いいかな」

行人《ゆくと》はいつものフィルム式一眼レフを手にエルフの渡辺《わたなべ》に問いかける。

「渡辺《わたなべ》さんの『魔法』の根っこと効果が何に依存してるのかはまだ分からないけど、渡辺《わたなべ》さんた。

「あ、えっと……それは、どうだろう」

ここまで積極的に行人《ゆくと》を異世界に引っ張り込んだエルフの渡辺《わたなべ》が、ここで初めて難色を示した。

「もちろんここで撮ったものを誰かに見せるようなことはしないよ」

「ンなこと言ったってフィルムカメラなら現像に出さなきゃいけないんじゃないの」

泉美《いずみ》の問いに、むしろ行人《ゆくと》は胸を張る。

「これでも写真部部長なんだから部室で現像すれば問題ない。幸いにして今の写真部は俺一人で仮入部すらいないから、誰かが入ってきてうっかり見られる危険もないしね！」

「何それイヤミ？　センパイのくせに生意気」

仮入部を装《よそお》って行人《ゆくと》を騙《だま》した泉美《いずみ》は、苦虫を嚙《か》み潰したような顔になる。

「それこそフィルムカメラだから現像しないかぎりデータがどこかに漏れるなんてことは絶対にない。写しちゃいけないものがあるならそれは撮らない。当たり前だけど、渡辺《わたなべ》さんを撮ったからってそれをコンテストに使うことも絶対しない。ダメ……かな」

行人《ゆくと》らしくもなくぐいぐい行くが、カメラマンの端くれとして、恐らく今まで誰も見たことのないであろう被写体を前にして、冷静ではいられないし本人にもその自覚があった。

極論異世界であることを特定できないような空や雲だけでも撮りたいという欲を、むしろ今必死で抑えているのだ。

「あのね、撮影自体は大丈夫なの。泉美《いずみ》ちゃんも結構スマホで撮ってるし」

「え？　そうなの？」

「うん」

泉美《いずみ》はスマホを掲げて行人《ゆくと》に見せると、そこにはちょっとしたワニより大きそうな極彩色のムカデのような節足動物の写真が表示されていた。

「な、何だそれ!?」

「何だっけ？　何年か前に来たときたまたま森の中にいた、サン・アルフにとっては幸運が訪れるとか言われてる虫」

巨大ムカデが吉兆扱いされるとは一体どういう文化なのか。

「カシュカンデ・アロって名前の虫なんだけど、生きる魔導素材って呼ばれるくらい魔力伝導率と魔力を溜《た》める効率が高いの。日本語では保魔率って言ってるんだけど」

「ほまりつ」

そんな日本語はない、と突っ込みが出そうになるが耐えた。

「カシュカンデ・アロの甲殻は鎧《よろい》に、足は武器や道具に、内臓は薬に、頭は魔除《まよ》けになるって言われてて、成虫を一匹捕獲するとその家は一家が一年食べるのに困らないくらい高値で取引されるんだ。泉美《いずみ》ちゃんのそれはまだ幼体だったから遠巻きに写真だけ撮ったのだったと思う」

随分と即物的な幸運の象徴もあったものだが、最初の衝撃を脱すると、行人《ゆくと》の顔に笑顔が戻った。

「そ、そういうの。そういうのもっと見たり聞いたりしたいし、写真撮ってみたい」

異世界でなくたって、新しい土地に行けば見たことのないもの、聞いたことのないものに接したいのは人の性《さが》だ。

ましてそれがエルフの渡辺《わたなべ》のルーツに対する理解を深めるのに繋《つな》がるのであれば、望むなというのはムリな話である。

「うん。写真を撮ってもらうのはいいの。もっと時間がある日ならサン・アルフの村に連れていくこともできるし、そこで何か撮ってもらうこともできるよ。ただ」

エルフの渡辺《わたなべ》は申し訳なさそうに、行人《ゆくと》の手元を見た。

「そのカメラでは、やめた方がいい気がするんだ」

「え？」

エルフの渡辺《わたなべ》が難色を示す意外過ぎる理由に、行人《ゆくと》は思わず自分の手元に視線を落とした。

「むしろスマホとか普通のデジカメとかで撮ってもらった方がいいかなって思う。万一画像が外に漏れたところで、ここなら撮影地点の情報は記録されないし、こっちの植物や動物や人間の姿が漏洩《ろうえい》したところでコスプレかCGだと思われるだけだし」

異世界情報の漏洩《ろうえい》に随分とドライでザルな感覚だが、エルフの渡辺《わたなべ》がそう言うのならこちらとしても納得するしかない。

だがそれならば猶《なお》の事、アナログのフィルムカメラに難色を示す理由が分からなかったのだが、言いにくそうにしていたエルフの渡辺《わたなべ》がいくばくかの決心とともに、顔を赤らめながら言った。

「私の勘違いならごめんなさい。でも、大木《おおき》くんのそのカメラ、多分普通のフィルムカメラじゃないんじゃないかなって思って」

「っ！」

行人《ゆくと》は息を吞《の》んだ。

「ずっと不思議だったの。去年の菊祭りのこと」

「な、何が？」

「他にいくらでも素晴らしい菊がある中で、そこまで強い特徴のない私の巴錦《ともえにしき》を、どうして大《おお》木《き》くんが私の物だと確信する前から写真に撮ってたのか、って」

「いや、だからそれは」

渡辺風花《わたなべふうか》の名札を見たから。被写体として素晴らしかったと思ったから。そう言おうとして、行人《ゆくと》は言葉を吞《の》んだ。

行人《ゆくと》がもう少し器用な性格で、もう少し『渡辺風花《わたなべふうか》』に対し真摯でなかったのなら、そのままそう言うことができただろう。

だが、行人《ゆくと》の良心は、わずかでも渡辺風花《わたなべふうか》に嘘《うそ》を吐《つ》くことを許さなかった。

これからもう一度好きになりたいと願ったエルフの渡辺風花《わたなべふうか》に対し、自分の矛盾を隠し通すことができなかった。

被写体として素晴らしいと理解したのは後付けの理由。

本当は、ファインダーの中であの一輪だけが輝いていたから。

それが巴錦《ともえにしき》という菊で、魅力的に写るよう構図を考え撮影し、渡辺風花《わたなべふうか》の名前を見つけたのはファインダーの輝きを見た後のことだと気づいてしまったから。

だが、ファインダーから見える被写体の輝きのことを、行人《ゆくと》はエルフの渡辺《わたなべ》どころか、誰にも話したことはないはずだ。

「大木《おおき》くんがそのカメラで私を撮るようになったのは、この間私にこ……こ、ここ、ここ、告白してくれる直前だったでしょ？　それでその後に、大木《おおき》くんは……」

渡辺風花《わたなべふうか》に告白し、彼女の姿がエルフに見えるようになった。

正確に言えば撮影が始まったのは告白した当日からではなく、その三、四日前からだったが、言葉に詰まってしまった行人《ゆくと》の態度が、その正確さを意思統一することに何の意味もないことを如実《にょじつ》に示してしまっていた。

「だからもしかしてだけど、そのカメラに何か不思議な力か仕掛けがあって、私の……私達の魔力か何かを捉えたり、破ったりする力があるんじゃないかって思ったの」

そんなことはない、とは言えなかった。

たまたまファインダーの中に入った被写体が、行人《ゆくと》が意識しているしていないに関わらず輝きを放ち存在感を大きくする。

この現象はとても行人《ゆくと》の既知の科学的知見で解説できる現象ではなかったし、それこそエルフの渡辺《わたなべ》が姿を幻惑させ異世界への境界を開くのと同レベルの超常現象だ。

それを今この瞬間までそうと思わなかった理由は、行人《ゆくと》が深く考えなかったからという一点に尽きた。

不思議だとは思っていた。普通ではないとも思っていた。

だが父の持ち物だったから。結局はカメラだったから。それ以外の現象は何も起こっていなかったから。だからその不思議の原因を究明したり、誰かに相談したりもしなかった。

そのせいで行人《ゆくと》のフィルムカメラは、エルフの渡辺《わたなべ》視点では破魔の力を持つ魔道具に見えてしまっていたようだ。

幕末から明治にかけての日本では、カメラで写真を撮られると魂を抜かれるという迷信が信じられていたらしい。

それが令和の現代になって、まさかカメラで写真を撮られると異世界の魔法を打ち破る破魔の魔道具だとエルフが信じるようになるとは、ダゲレオタイプカメラを世界で初めて世に送り出したルイ・ダゲールもアルフォンス・ジルーも想像できなかっただろう。

「何。その反応、まさかマジなの？」

狼狽《うろた》えた顔で黙ってしまった行人《ゆくと》を見て、泉美《いずみ》がこれまで以上に怪訝《けげん》な顔になる。

「い、いや、違う、そうじゃない。そうじゃないんだ。俺のカメラにそんなファンタジーな機能はない！　ないんだけど……！」

この現象を一体どう説明すればいいのか、すぐには言葉が紡《つむ》げない。

行人《ゆくと》の主観的には、被写体は『輝いている』のだが、エルフの渡辺《わたなべ》の巴錦《ともえにしき》に関して言えば、実際に花そのものが発光しているわけではない。

どちらかと言えば、被写体の背後から光が湧き上がるように行人《ゆくと》の目に迫ってきて、その被写体を浮かび上がらせるのだ。

ただその光すら、白いと思えるときもあれば金色だと思えるときもあり、だからと言って可視光として行人《ゆくと》の目に白色や金色に見えているわけでもなく、非常に感覚的なもので言語化が極めて難しい。

「ないんだけど何よ。そんなこと言うからには風花《ふうか》ちゃんが予想したのとは違う何かがあるってことなんじゃないの」

それはもう間違いなくそうだ。

「上手《うま》く説明できないんだ。凄《すご》く感覚的なことだし、言い方次第じゃ小滝《こたき》さんにますます渡辺《わたなべ》さんを撮らせてもらえなくなりそうで……」

「分かった。じゃあセンパイはもう二度と風花《ふうか》ちゃん撮らないで」

「小滝《こたき》さんそんなに俺のこと嫌い？」

「風花《ふうか》ちゃんを惑わす人間が疑わしいなら処刑もやむなしでしょ」

ラディカルにすぎる刑法暴論を振りかざす泉美《いずみ》を放置していたら、明日から異世界どころかエルフの渡辺《わたなべ》にすら近づけなくなる気がしてきた。

「分かった。分かったよ。今まで人に言ったことないし、俺以外の人間に適用されることなのか分からないから誰にも言ったことなかったんだけなんだ」

「いいわ。これが最終弁論ってことなら聞いてあげる」

「最初の弁論すら聞いてくれなかったくせに」

不満をこぼしながらも、行人《ゆくと》は命から数えて十番目くらいに大事にしているカメラを泉美《いずみ》に差し出した。

「このファインダーを覗《のぞ》くと、被写体が輝いてるんだ」

「は？　何言ってんの？」

「このカメラのファインダーを覗《のぞ》くと映ったものが輝いて、撮影してくれって呼んでるみたいに感じるんだ。撮ると、実際結構良《い》い写真になってるような気がする」

「そんな変なカメラ存在するワケないじゃん」

「異世界も魔法もエルフも実在するのに⁉」

押し入れの向こうの異世界だの浮遊監獄島だのが実在するんだから、自主的に良い被写体を教えてくれるカメラくらいのささやかな不思議を許容してくれてもいいじゃないか。

過去一番の理不尽を叩《たた》きつけられた気がした行人《ゆくと》は流石《さすが》に大声を上げた。

「何なら今このカメラ貸すから、ファインダー通して何か見てみてくれよ！」

「ええ？　センパイの血と汗が染《し》み込んだカメラに顔近づけたくないんですけど」

「血と汗が染《し》み込むくらい写真に打ち込んでるのを認めてくれてるんじゃないよねそれ⁉」

泉美《いずみ》から止《や》めどなく溢《あふ》れる理不尽に流された行人《ゆくと》は、二人のやりとりのわずかな間にエルフの渡辺《わたなべ》が小さく息を呑《の》み顔を強張《こわば》らせたことに気づかなかった。

「でもまぁ仕方ないか。確かに現実に魔法があることは私も知ってるし、エルフが風花《ふうか》ちゃん以外にも日本や地球のどこかにいる以上、色んな不思議があってもおかしくないもんね。貸してセンパイ。本当にそんなことがあるのか確かめてあげる」

「随分上から言うなぁ。落とさないでくれよ」

「色々言いたいように言ったけど、さすがに精密機器をそんな粗末な扱いしたりはしな……」

行人《ゆくと》が差し出したカメラを、泉美《いずみ》は意外にも丁寧に両手で受け取ろうとして、

「ま、待って！」

突然割って入ってきた風花《ふうか》に驚き、二人は慌てて手を引いた。

「渡辺《わたなべ》さん？」

「いきなりどうしたの風花《ふうか》ちゃん。今のはちょっと危ないって」

「えっと、その、ごめん。あの、あのね。その確認は、私にやらせてくれない？」

「え？」「は？」

「あの、えっと、ファインダーに写ったものが輝いて見えるカメラ……確かに不思議だし、もしかしたら魔法に関わる道具かもしれない……だったら、わ、私が確かめた方がいいんじゃないかなって……ね？　ほら、泉美《いずみ》ちゃんは、魔法の道具を見てもそれが本当に魔法かどうかまでは分からないでしょう？」

「それはまあそうだけど、でもセンパイが言うこと信じるなら、別に私が見たって問題なくない？」

「そ、それはそうなんだけども！　でもほら！　大木《おおき》くんのカメラは液晶画面とかなくて、ファインダー覗《のぞ》くにはカメラにか、か、かお、か……は、鼻とかくっついちゃうわけで！」

「ん？　うん。それで？」

「だ、だから、今回は私が確認した方がいいと思うんです！　ね!?　大木《おおき》くん！」

「え？　あ、まぁ。俺としては別にあの現象が俺以外にも見えればいいわけだから渡辺《わたなべ》さんと小滝《こたき》さんどっちでも……」

「じゃあ私がやります！」

エルフの渡辺《わたなべ》はそう言うと、何故《なぜ》か顔を真っ赤にして行人《ゆくと》に両手を差し出した。

「は、はいどうぞ」

行人《ゆくと》もその勢いに押される形でカメラを差し出す。

「お預かりします！」

エルフの渡辺《わたなべ》もその勢いのままにカメラを受け取り、その重みを両手に受けると少し驚いた顔になるが、すぐにしっかり両手で抱えて大きく息を吐いた。

「こんなしっかりしたもの、手に取るの初めてだけど」

そして行人《ゆくと》のカメラを顔の前に上げると、矯《た》めつ眇《すが》めつしながら、先程の焦《あせ》りを引きずったままの、吐息まじりに言う。

「大木《おおき》くんの……これ、大きいんだね」

「んっ？　あ、うん。うん？」

「私手が小さいからこんなに大きいと上手《うま》く握れないかも……横のこのごつごつしたところって、柔らかいのかと思ったけど、凄《すご》く固いんだね」

「風花《ふうか》ちゃん何の話してるの」

「え？　カメラの話だけど、泉美《いずみ》ちゃんなんでそんなに怖い顔してるの？」

「高二にもなって風花《ふうか》ちゃんがそれを平気で言えるの、凄《すご》く安心するけどだいぶ心配だよ。それとセンパイ。何か邪《よこしま》なこと考えたらマジで殺すからね？」

今のは泉美《いずみ》の方がエルフの渡辺《わたなべ》の発言を邪《よこしま》な方向に浮き彫りにした犯人のような気もするが、知り合って以来一番の本気の殺意を向けられると行人《ゆくと》も従うほかない。

全く以《もっ》て理不尽だ。

「そ、それじゃあ、失礼します」

行人《ゆくと》と泉美《いずみ》の一瞬の攻防をよそに、エルフの渡辺《わたなべ》は小さくカメラに一礼すると、ファインダーに自分の顔を近づける。

その様子を見て、普段自分が目や顔を貼り付け、暑い日などは鼻の汗がうつってしまうカメラの背面にエルフの渡辺《わたなべ》が顔を近づけているという事態に、どこか倒錯した感情を覚えざるを得なかった。

こんなことなら渡す前にアルコール除菌ティッシュか何かでわずかでも自分の痕跡を除去してから手渡すべきだった。

だが時すでに遅く、エルフの渡辺《わたなべ》はファインダーを覗《のぞ》きこんでしまった。

姿勢の良い美貌のエルフは、顔の大半がカメラで隠れてもこんなに美しいものなのか。

「あ、あの、絶対に太陽だけは見ないように……」

そんな通り一遍の注意をすると、エルフの渡辺《わたなべ》は小さく頷《うなず》き泉美《いずみ》は二人を交互に睨《にら》む。

空、草原、雲、そして遠くに見える森林の方向に順にレンズを向けた後、エルフの渡辺《わたなべ》は何気ない様子で泉美《いずみ》を見、そしてその次に行人《ゆくと》を見たその時だった。

「えっ……あぁっ！」

薄いガラスの玉が割れたような澄みきった破裂音とともにエルフの渡辺《わたなべ》が悲鳴を上げ、たたらを踏むように後ずさった。

「風花《ふうか》ちゃん！」

「渡辺《わたなべ》さん⁉」

そして全身の力が抜けたようにその場に膝を突き、

「カメラ……落としちゃ……」

行人《ゆくと》のカメラを庇《かば》うように抱きしめたのを最後に草原に倒れ、意識を失ったのだ。

「ふ、風花《ふうか》ちゃん！　一体どうしたの⁉」

「渡辺《わたなべ》さん！」

行人《ゆくと》と泉美《いずみ》が慌てて駆け寄るが、カメラが地面に落ちないように腕を組んで抱えてはいるもののその腕に力はなく、泉美《いずみ》が動かそうとすると全く抵抗なくほどけてしまう。

「何！　一体何があったのよ風花《ふうか》ちゃん！　風花《ふうか》ちゃん⁉」

呼ぶ声に全く反応のないエルフの渡辺《わたなべ》の姿に泉美《いずみ》の顔色は真っ青になる。

「何なのよこのカメラ！」

色々な怒りをないまぜにした叫びとともに、泉美《いずみ》はカメラのストラップを摘《つま》み上げると、ほとんど投げるようにして行人《ゆくと》に渡す。

そして自分の耳をエルフの渡辺《わたなべ》の顔に近づけると、微《かす》かに安堵《あんど》の溜《た》め息《いき》を漏らした。

「良かった息はしてる……。風花《ふうか》ちゃん。風花《ふうか》ちゃん大丈夫？　起きられる？」

だが泉美《いずみ》の呼びかけには全く反応がない。

「ヤバイ、どうしよう……センパイ！　一体何なのそのカメラ！」

「い、いや分からないよ！　俺が使ってるときはこんなこと一度も……！」

「センパイの方にカメラ向けた途端にこうなったよね！　私見てたよ！」

「いや、そんなこと言われても、俺は何もしてないし一体何が起こったのか……」

行人《ゆくと》も、エルフの渡辺《わたなべ》が自分にレンズを向けた瞬間にこうなったという認識はある。

だが行人《ゆくと》には何の違和感も発生していないため、訳が分からないとした言いようがない。

「うるさいわね！　そんなことよりそのカメラ、本当に何かおかしいんじゃないの!?　そのファインダー、一体何がどうなってるのよ！」

「そ、そう言われても……」

行人《ゆくと》も訳が分からないが、何もしないわけにもいかずとりあえず泉美《いずみ》に責め立てられながら恐る恐るファインダーを覗《のぞ》いた。

だが、そこには何の異常も無かった。空と草原、そしてエルフの渡辺《わたなべ》と泉美《いずみ》。

今のところ行人《ゆくと》の感覚で言うところの『輝き』はないが、少なくともいつも通りだ。

「何で……渡辺《わたなべ》さんに一体何が……」

「もしこのまま風花《ふうか》ちゃんが起きなかったら、本当大変なことになるよ！」

「起きないってそんな大げさな……！　だ、だって息してるんだろ？」

今にも風花《ふうか》ちゃんの仇《かたき》と叫びながら腰だめのドスでも繰り出してきそうな泉美《いずみ》に恐れをなしつつも、呼吸自体は落ち着き顔色も悪いわけではないエルフの渡辺《わたなべ》を見やる。

「そういう話じゃないよ！　後ろ見て！」

だが泉美《いずみ》は呆《あき》れと怒りをないまぜにしながら吐き捨てた。

「後ろ？」

言われて振り向いた行人《ゆくと》の目に飛び込んできたのは、これまでと変わらない空と草原と、少し遠くに森らしきものが見える光景。

このののどかな風景の何が『浮遊監獄』なのかは実感がわかないが、とりあえず何か差し迫った危機があるようには見えな……。

「あっ！」

そこまで呑気《のんき》に考えてから、行人《ゆくと》は唐突に気づいた。

本来この地にあるべき風景以外、何もない。

行人《ゆくと》と泉美《いずみ》にとって、そこにあるべきものがない。

消《き》え失《う》せている。

「押し入れの境界が……ない」

エルフの渡辺《わたなべ》の自室に繋《つな》がっているはずの、日本と異世界ナチェ・リヴィラを接続している境界の襖《ふすま》がどこにもないのだ。

魔法や異世界のことが分からない行人《ゆくと》でも、その理由にエルフの渡辺《わたなべ》の気絶が深く関わっていることは容易に想像できる。

行人《ゆくと》が思わず左腕の腕時計を見ると既に午後五時を回ろうとしていた。

「あの……こっちと向こうって」

「厳密には知らないけど、時間の進み方は変わらない。その時計で一時間進んだら日本も一時間進む。だから焦《あせ》ってんの」

「お、起きる様子は……」

「全くない。いびきかいてないから脳とかそういうことじゃないと思うけど、だからって変に強く揺すって悪い影響が出たら困るし、とりあえず顔叩《たた》いてみたけど反応なし」

いびきと脳がどういう関係にあるのか行人《ゆくと》は知らないが、女子同士で躊躇《ためら》いなく体に触れられることを差し引いても泉美《いずみ》は行人《ゆくと》よりかなり冷静に見える。

「みゃ、脈とか……」

「私だって焦《あせ》ってんの。自分でもドキドキしてるから正確に測れないし、風花《ふうか》ちゃんの脈拍がどれくらいで正常かなんて知らんし」

確かにエルフと人間の脈拍が同じとは限らないが、学校の健康診断などは普通に通っているのだから、そこは大丈夫なような気もする。

「そもそも人間の正常な脈拍だって知らないもん。センパイだって私だって今平常心じゃないし、スマホの電波もないから検索することだってできないでしょ」

なるほど、境界が閉じればその向こうから微《かす》かに飛んできていた電波もなくなるという理屈だ。

「じゃ、じゃあもうこのまましばらく渡辺《わたなべ》さんが起きるのを待つしかないってこと？」

「そうできたらいいんだけどね」

泉美《いずみ》は顔を顰《しか》めて立ち上がる。

「こっちももうすぐ夜になるし」

「えっ」

見ると、そちらが東なのか西なのか、或《あ》いは北なのか南なのかも分からないが、とにかく空の一方向が明らかに夕焼けの光を放ち始めているのだ。

学校の制服を着ているので今まで意識していなかったが、こちらの気温は日本とほとんど変わらないため、日中はよくても夜はぐんと気温が下がる可能性もある。

その上、この見通しの良い草原。浮遊監獄島なる場所にどんな生き物がいるのか全く想像できないが、直前に見せられた虹色ムカデが行人《ゆくと》の想像にかなり悪い方向への拍車をかける。

この草原は明らかに人の文明の外としか思えず、どんな野生動物がいるか分からない以上、気絶した人間を抱えてここで立ち往生していても全く良《い》い未来はないだろう。

「ど、どどっど、どうすれば……」

「何か野生動物でも出たら写真に撮ればいいんじゃない?」

「そ、そんな悠長な! っていうか!」

行人《ゆくと》の狼狽《ろうばい》ぶりを、余裕がないながらもどこか楽し気に見ている泉美《いずみ》の表情に、行人《ゆくと》はある推測を立てる。

「俺ほど慌ててないけど、もしかして小滝《こたき》さん、何か打てる手があるんじゃやないのか?」

「まぁね。正直、あんまり気が進まないんだけど」

あっさりと認めた泉美《いずみ》は、気絶したままのエルフの渡辺《わたなべ》と、行人《ゆくと》を何度か見比べる。

「あそこに見える森、あるでしょ。あそこにサン・アルフの村があるの。私も何度か行ったことがあるから、あそこに行けば助けてもらえると思う」

泉美《いずみ》が指さすのは、先程行人《ゆくと》も視界に収めた地平線近くにある木立のことだろう。

「な、何だ。このあたりの地理を知ってるならそんな慌てることないじゃないか。何で気が進まないんだよ」

「センパイのカメラの存在。風花《ふうか》ちゃんがどうしてこうなったか説明しなきゃならない以上、そのカメラがサン・アルフにいじくりまわされる可能性あるし、最悪の場合傷害犯みたいな扱い受けるかもしれないよ」

「それは仕方ないよ。こうなった以上俺もこのカメラが何なのか知りたいし、エルフの人達に調べられるなら調べてほしい。多少怒られるくらいもまぁ、仕方ないよ」

「あともう一つ。あそこまで行けば間違いなく日本というか、風花《ふうか》ちゃんの家に帰してはもらえると思うんだけど……その助けてくれる人が、ね」

ここに来て泉美《いずみ》の顔がはっきりと曇る。

「私、昔からあんまり好かれてない気がするんだよね。今回のことのせいで風花《ふうか》ちゃんが日本での学生生活から引き離されちゃうかもしれないって、正直不安」

「どういうこと？　エルフの……サン・アルフの偉い人とかなの？」

「偉いとかじゃなく、私やセンパイにとってはもっと重要なことがある」

泉美《いずみ》は憂鬱そうに言った。

「あの森の村で私達が助けを求める相手、風花《ふうか》ちゃんのお母さんなの。名前は渡辺涼香《わたなべりょうか》。もちろんお母さんの方もエルフ。サン・アルフだよ」

chapter_6

006

The Elf Named Watanabe

VOL-1

第六章

渡辺風花は見えていない

#エルフの渡辺　#電撃文庫

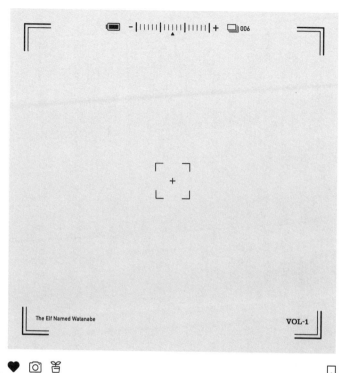

意識のない人間は、意識のある人間よりずっと重い、という話をどこかで聞いたことがあった。

意識があろうがなかろうが質量は変わらないわけで、要は担《かつ》がれる側の姿勢制御能力が失われることが問題なのだろうと初めて聞いたときには思ったものだ。

そして今、現実に意識を失った人間を一人背負った行人《ゆくと》は、そんな空論を最初に思った中学生の頃の自分を訳もなく恨みに思っていた。

そもそも特に鍛えているわけでもない高校生男子が自分と同年代の女子を背負い続けるのは、重いとか重くないとか意識があるないではなく無理だ、と。

「せ、センパイ……大丈夫？　生きてる？」

「ふー……ふー……ふー」

史上初、泉美《いずみ》が気遣う声にすら全く反応できない行人《ゆくと》は、たまたま草原に生えていた木の根元で仰向けになりながら荒い呼吸をするばかり。

最初の地点から一時間ほど移動した場所で、行人《ゆくと》の全身の関節と筋肉が悲鳴を上げていた。

まず倒れたエルフの渡辺《わたなべ》を背負うまでが難儀だった。

意識を失った女子に手を触れるというだけでも難事業だ。

泉美《いずみ》に手伝ってもらって体を起こそうにも、意識を失った人間の上体はいとも簡単にぐらつき、まず行人《ゆくと》の背中に背負わせることすらできない。

最初こそ泉美《いずみ》も風花《ふうか》ちゃんの肌に触るなだの変なところに触るなだのとうるさかったが、なかなかエルフの渡辺《わたなべ》の姿勢を制御できないことに疲れてしまい、なんとか行人《ゆくと》の背中にエルフの渡辺《わたなべ》を背負わせることができたときには、

「それじゃよろしく、頑張って」

とまで言うほどだった。

行人《ゆくと》はというと、最初の三分くらいは、エルフの渡辺《わたなべ》と密着していることや、背負う手の置き場、密着して感じる肌や体型や匂いなどに強く緊張し心臓がバクバクと高鳴った。

そして三分後、全身にのしかかる日常ではあり得ない荷重に心肺機能が悲鳴を上げているという意味で心臓がバクバクと高鳴ってしまった。

女子の体重とか、エルフの渡辺《わたなべ》の体重とか、意識があるとかないとかではない。

人一人背負って何十分も舗装されていない道を歩くのは、鍛えられた自衛官やレスキュー隊員になって初めてできることであり、高校二年の写真部部長程度には言葉通り荷が重すぎるのだ。

それでも行人《ゆくと》は、履き慣れないサンダルに苦戦しながら頑張って十五分歩いたのだ。

だがそこが限界で一旦休憩を進言したところ、そこでは後ろからついてきていた泉美《いずみ》が憎まれ口をたたいたものだ。

「もう休憩って、センパイさすがに鍛え方足りなさすぎじゃない？」

「そんなこと……言うなら……少し、小滝《こたき》さん、かわ……おえっぷ……代わって、背負ってくれよ……」

「ええ？　風花《ふうか》ちゃんがそんなに重いって言いたいわけ？」

「重いよ！」

問いに対する行人《ゆくと》の答えは簡潔かつ明瞭だった。

「渡辺《わたなべ》さんとかそういうことじゃなくてもう人間一人は重いんだよ！」

「ちょ、大声出さないでよ……分かったわよ。そんなに言うなら代わってあげるわよ」

若干顔を引きつらせつつも、地面に腰かけて行人《ゆくと》の背にもたれかかっている状態のエルフの渡辺《わたなべ》を支えながら、泉美《いずみ》は背負い役を交代する。

「昔は風花《ふうか》ちゃんと一緒に遊んで、近くの公園までおんぶしたりされたりしてたんだもん。これくらいよユッ……！」

得意げにそう言いながら立ち上がろうとした泉美《いずみ》は、前傾姿勢のまま前に倒れそうになり慌てて足を前に出して踏みとどまる。

何とか立ち上がるものの目が見開き、息も止まってしまった。

「首が曲がってるから直すよ、動かないで」

「う、うん……」

立ち上がるときにエルフの渡辺《わたなべ》の首がどちらかに倒れたらしい。背後で行人《ゆくと》がその首を真《ま》っ直《す》ぐにしてくれたようだが、それで何が変わるわけでもなかった。

「前に傾きすぎると重さは支えやすいけど自分も転びそうになるから、重さを腰にのせてぐっと胸を前に出して上体を反るようにすると、何とかバランス良くなるよ」

「難しいこと今言わないで。それくらい分かってるから。私とセンパイじゃ体格違うんだから余計なこと言わないで」

明らかに余裕を失った早口でそう言った泉美《いずみ》は、目を見開いたままなんとか足を一歩前に出す。

更に二歩、三歩と進み始め、少し歩みが軌道に乗ったところで、微《かす》かに表情に、

「案外行けそう」

という安堵《あんど》と余裕の光が差し込む。だが、そんな思いはわずか一分後には、背負った人間の重さを直接的に支える腕の筋肉の軋《きし》みと、舗装されていない地面の上の体を支えるサンダル履きの足の悲鳴によって打ち砕かれる。

日常で全く運動をしてない人間が何かの拍子に腕立て伏せや腹筋運動をしようとしたとき、十回三セットのノルマで最初の十回は案外簡単に行けると思えてしまう。

だが次の十回の途中で急に負荷の感覚が変わり、ラスト十回は息も絶え絶えになる。

それと同じ現象に行人《ゆくと》も泉美《いずみ》も見舞われ、そして泉美《いずみ》は五分もたずにへたり込んだ。

「……さっきはバカにしてごめんなさい」

顔中汗だくになりながら地面にへたり込んで膝を汚した泉美《いずみ》は、後ろから追いついてきた行《ゆく》人《と》に何かを言われる前に素直に自分の物言いを謝罪した。

「休み休み行こう。小滝《こたき》さんが背負うと多分どこかで転んで怪我《けが》するよ」

「うん。分かった。その代わり、休むときには私が風花《ふうか》ちゃんの体支えるから、センパイはきちんと休んで」

泉美《いずみ》は行人《ゆくと》の言うことに素直に頷《うなず》き、そこで五分休憩してから再び行人《ゆくと》が背負って歩き始める。

だが継続して歩ける距離はどんどん短くなり、汗をかいたからといって飲める水もなく、最初の地点から一時間経過したところで、遂《つい》に二人とも動けなくなってしまったのだ。

「小滝《こたき》さん……エルフの村って、森に入ってすぐのところにあるの？」

「どう、だったかな。そこそこ歩いたと思う」

「マジか……やばいな」

行人《ゆくと》は苦し気な顔で起き上がりながら目指す森を見やる。

確実に近づいてはいるのだが、薄暮の時間帯になって尚《なお》、人家の灯《あか》りらしきものが一向に見えないのだ。

「暗くなってから森に入るのって危なくないかな」

「分かんない。前は風花《ふうか》ちゃんの案内で明るいうちに行ったから……でも、確か森の中には道があったと思う」

「マジで？　参ったな」

「参ったって、何で？　道があるなら迷わなくない？」

「そうだけど、じゃあ何で今この草原のどこにもその森に続く道がないんだって話だよ」

「え……あっ」

泉美《いずみ》も行人《ゆくと》の言わんとすることに気づいたようだ。

「で、でも間違いないはずなの！　だって前に来たときもさっきの場所に襖《ふすま》開いて、あそこから歩いてあの道目指して……普通に歩いたら十五分くらいで森について、風花《ふうか》ちゃんの案内で道を……あれ？」

あるはずのスマホが見つからないときのように、泉美《いずみ》の顔から余裕がなくなってゆく。

泉美《いずみ》の経験上もうとっくに森に着いていなければおかしいのだろう。

それが、人一人担《かつ》いでいるとはいえ、一時間歩いても森にたどり着くことすらできないばかりか、歩いたことのある道にも出くわさないことに、言い知れぬ不安を覚えているのだ。

行人《ゆくと》としても、唯一の案内人に不安そうな顔をされると、疲労も相まって平常心ではいられなくなる。

「まさかとは思うけど、エルフの案内がないと入れない、なんてことないよね」

「え？　何それどういうこと？」

「エルフに限らず創作ではよくある話だよ。よそ者の目から自分達の村や里を隠すために魔法をかけて、森や道をループさせるんだ。通れるのは住人に招き入れられた人間か、ループの魔法を破れる魔法使いだけ、みたいな」

「そんなことない！　だ、だって森に入ってからはほぼ一本道だった……はず……」

泉美《いずみ》の声には、もはや日頃の気丈さなど微塵《みじん》もない。

「でも、そうだ……確かあのとき、私ずっと風花《ふうか》ちゃんと手を繋《つな》いでた……まさか、あれってそういうことだったの？」

「……かもしれない」

泉美《いずみ》の話を聞きながら、行人《ゆくと》は学校から渡辺《わたなべ》家までの道のりのことを思い出していた。

エルフの渡辺《わたなべ》が手を繋《つな》ごうと言い出したとき行人《ゆくと》はシンプルに浮かれたが、冷静に考えればかなり唐突なことだったように思う。

行人《ゆくと》を悪し様に言う泉美《いずみ》を冷たくあしらい懲らしめる話の流れではあったが、行人《ゆくと》と手を繋《つな》いですぐ、泉美《いずみ》にも自分のスクールバックを摑《つか》ませた。

それから渡辺《わたなべ》家までの数分間に見たものを、何故《なぜ》か行人《ゆくと》は思い出せない。

エルフの渡辺《わたなべ》と、というか女子と手を繋《つな》いで下校するというシチュエーションに舞い上がっていたのは間違いない。認めざるを得ない。

だが、エルフの渡辺《わたなべ》の家の場所を覚えようとして、ランドマークとなる建物や交差点などを覚えようとしたが、そういった特徴的なものが一切なかった。

あれはもしかしたら、この世界に繋《つな》がっている渡辺《わたなべ》家が魔法的な理由で近所の目から隠されていたのだろうか。

そんなことを考えている間にも目に見えて空は暗くなり、何もいない草原のどこかからか、はたまた彼方《かなた》の森からか、聞いたことのない生き物の声が聞こえ始めて、泉美《いずみ》が露骨に狼狽《うろた》え始める。

「どうしよう……ねえセンパイ、どうしたらいいと思う?」

そんなこと聞かれても行人《ゆくと》としても困ってしまうが、疲れから来る苛立《いらだ》ちのままに泉美《いずみ》の言うことを撥《は》ね退《の》けても何の意味もない。

「そう、言われてもなぁ」

今の今まで存在を忘れていたポケットの中のスマートフォンを取り出してみると、当然ながらアンテナは圏外表示になっており、既に時間は十九時になろうとしていた。

「参ったな。クソ」

何か期待をしていたわけでもないが、それでも悪態をつかずにはいられずスマートフォンを汗ばむポケットの中に戻す気になれず、へたり込んだその場所に放り出そうとして、

「うわっと!」

画面上をどう指が滑ったものか、地面に落ちる寸前、シャッター音が鳴り響いた。

「小滝《こたき》さん」

「な、何？」

「ちょっと渡辺《わたなべ》さん支えてて、それで、俺のカメラ貸して」

「え？　う、うん」

不安そうな顔の泉美《いずみ》は、それでも素直に行人《ゆくと》の言うことを聞き、行人《ゆくと》がエルフの渡辺《わたなべ》を背負っている間、ずっと手に持ち続けていたフィルムカメラを行人《ゆくと》に手渡す。

行人《ゆくと》は一時間ぶりにカメラを受け取ると、フィルムが残っていることを確認してから、既に筋肉痛を起こしかけている両腕を気力で顔の前まで持ち上げ、ファインダーを覗《のぞ》きこんだ。

「……」

そのままぐるりと周囲を見回す行人《ゆくと》の動きが、ある一点で止まり、泉美《いずみ》は不安そうに声をかける。

「センパイ、どうしたの」

「……マジか」

泉美《いずみ》の問いかけに応えようとしたが、それでも感嘆が先に口を突いて出た。

「小滝《こたき》さん、見てみて」

行人《ゆくと》は泉美《いずみ》にカメラを返し、代わりにエルフの渡辺《わたなべ》の体を支える。

「さっきの風花《ふうか》ちゃんみたいになったりしない？」

「多分大丈夫だよ」

カメラを受け取った泉美《いずみ》は戸惑いながらも素直に行人《ゆくと》が見ていた方向目掛けてレンズを向け、恐る恐るファインダーを覗《のぞ》いた。

「あっ！」

泉美《いずみ》はファインダーの中に行人《ゆくと》の言う『輝き』を見た。

ここまでもはや飽きるほど見た草原の地面。

その中にまるで天の川のように、一筋の光が真《ま》っ直《す》ぐ目指す森の方向に向かって伸びているのだ。

「こ、これって、さっきセンパイが言ってた……」

「ああ。でも、こんなに大きく広範囲に見えたのは初めてだ。しかも、あの森に向かって続いてる。これってもしかして、小滝《こたき》さんがさっき言ってた村への道じゃないかな」

「分かんないけど……そうかもしれない。分かんないけど」

分からない、を繰り返しながら、泉美《いずみ》は行人《ゆくと》にカメラを戻した。

ファインダーから目を離すと、そこにはもはや夜の地面があるのみ。

「これ、どうするの？」

「……ここまで来たら、やることは一つだ。渡辺《わたなべ》さんの体を、しっかり支えてて」

行人《ゆくと》は立ち上がり、両手でカメラをしっかり構え、輝きの道に向けてシャッターを切った。

その瞬間、宵闇の草原に輝きが顕現し、何かが弾《はじ》ける澄んだ音が行人《ゆくと》と泉美《いずみ》の耳を打った。

「嘘《うそ》……道が……！　森が！」

泉美《いずみ》は思わずエルフの渡辺《わたなべ》の体を支えることを忘れそうになった。

ファインダーで覗《のぞ》いたのと同じような輝きの道が二人の目の前を走り、そしてその道もまた同じ音を立てて弾《はじ》け、あれほど遠かった森の際《きわ》が一瞬で目の前に壁が立ち上がったかのごとく二人の目の前に迫ったのだ。

「な、何これ……一体、今、何が……」

「んん……うう」

「っ！　風花《ふうか》ちゃん！　目が覚めたの⁉」

そのときエルフの渡辺《わたなべ》が身じろぎして呻《うめ》き声を上げ、体に力が戻り目が開いた。

「っ！　い、泉美《いずみ》ちゃん！　私、大木《おおき》くんのカメラ落とさなかった⁉」

「目が覚めて最初に気にするのがそれ？　もう……風花《ふうか》ちゃん、立てる？」

泉美《いずみ》は呆《あき》れと嫉妬と苦笑が交ざった顔で安堵《あんど》の息を吐き、腕と肩を支えてエルフの渡辺《わたなべ》を立たせた。

「渡辺《わたなべ》さん、もう大丈夫なの？」

「うん。大丈夫。まだちょっとフラフラするけど……」

行人《ゆくと》が声をかけると、エルフの渡辺《わたなべ》は行人《ゆくと》の手にあるカメラを見てほっとした様子を見せた。

「大木《おおき》くんのカメラが壊れてなくてよかった」

「いや、まぁ」

「壊れてないかもしれないけど、そのカメラやっぱおかしいと思うよ。これ、見える?」

「これ、里への道?」

「さっきまでこんな道どこにもなかったの。それなのにセンパイのカメラのファインダーから覗《のぞ》いたらこの道が見えて、シャッター切ったら道が見えたの」

「シャッターを切ったら?」

「そもそも風花《ふうか》ちゃん、何で気絶したか覚えてる?　センパイのカメラでセンパイを見たせいだよ?」

「大木《おおき》くんを見たせい?　それは……」

エルフの渡辺《わたなべ》は泉美《いずみ》の言葉に戸惑ったように周囲を見回し、やがて行人《ゆくと》と泉美《いずみ》が歩いてきた方を見た。

牛歩の歩みできた一時間だったのと、この土地がどこまでも平たいためか、とにかく最初に襖《ふすま》の境界が開いた場所がまだ見えるのだ
その途端、エルフの渡辺《わたなべ》はまた顔を赤くする。

「あ、あの……も、もしかして、大木《おおき》くんが、ここまで私のこと背負ってくれてたの?」

「ずっとじゃないけどね!　私も頑張ったけどね!」

行人《ゆくと》が答えるよりも早く泉美《いずみ》が割って入るが、結局エルフの渡辺《わたなべ》の問いを肯定する形になっていることに気づいておらず、エルフの渡辺《わたなべ》は更に顔を真っ赤にして、無意識に自分の体の前を隠すように縮こまってしまう。

「わ、わ、私、重かったよね？　その、迷惑かけてごめんなさい」

「い、いや、その」

疲労に任せて泉美《いずみ》の前で重いと放言してしまった手前、重くなかったとも言えない。だからと言ってエルフの渡辺《わたなべ》本人に重かったと言うわけにもいかない。

泉美《いずみ》はその葛藤に気づいているのかにやにやしている。

「重かった、よね……」

当然その葛藤は用意にエルフの渡辺《わたなべ》にも伝わり、そのままどんどんちいさくなってしまう。

「うう……あ、汗臭くなかったかな……で、でも家に帰ってシャワー浴びる暇なんかなかったし……うう～」

「渡辺《わたなべ》さん？」

「なんでもない！　今日はそんな汗かいてないと思うし!?」

「え？　な、何が？　汗？　何の話？」

「えふっ！　え、あ、な、なんでもないよなんでもないよ！」

「あ、う、うん、それはいいんだけど……それよりさ、渡辺《わたなべ》さん、もし体調が大丈夫なら、日本に帰るための通路、開ける？」

「通路？　……あ、そ、そうか！　私が気絶しちゃったから閉じちゃったんだね？　ごめんなさい！　すぐ帰れるって言ったのに」

「大丈夫だよ風花《ふうか》ちゃん。私は別に何時になっても構わないから」

「俺も別に今日中に帰れるなら大丈夫だよ」

「でも、理由もなく遅くなってもおうちの人達に申し訳ないもの！」

「大丈夫だよ渡辺《わたなべ》さん！　うちはこの時間でも誰もいないし……！」

「うちだって大丈夫よ。今日は遅くなるって言ってきたから」

「ううん。そういうわけにはいかないよ。少し待ってね。もう少し休んだら行けるから」

エルフの渡辺《わたなべ》は深呼吸をしながらふと、カメラによって存在が顕現した道と森を見て眉を顰《ひそ》める。

「でも……どうしてここに？」

「風花《ふうか》ちゃんがいつ目を覚ますか分からなかったからさ。前にこの森に連れて来てもらったときにほら、紹介してもらったでしょ」

「紹介……森……あ！」

そのとき、ただでさえ白かったエルフの渡辺《わたなべ》の顔が更に青くなる。

「私の案内が無かったのに……道が開いてるってことは！　そんな！　まさか！」

エルフの渡辺《わたなべ》は、今更になって行人《ゆくと》のカメラを見て慌て始めた。

「まさか、本当にそのカメラが迷い道の魔法を……！　だとしたらマズいかもしれない！　と、とりあえず二人はすぐに日本に戻って家に帰って！」

「どうしたの風花《ふうか》ちゃん。まだ大丈夫だから落ち着いてって。顔色悪いんだからもう少し休んでて大丈夫だよ」

「大丈夫じゃないの！　迷い道の魔法が破られた話なんて聞いたことないもの！　ぐずぐずしてると『森の仲間達』が……！」

エルフの渡辺《わたなべ》は、全てを言い切ることができなかった。

次の瞬間、突然無数の光が出現し、行人《ゆくと》達を包囲したのだ。

「こ、こんなに早く……！」

「いやっ！　な、何なの⁉」

行人《ゆくと》は悲鳴を上げたエルフの渡辺《わたなべ》と泉美《いずみ》を反射的に背後に庇《かば》うが、すぐにその行動に何の意味もないことを思い知らされた。

光の中から現れたのは、全員が行人《ゆくと》より上背のある完全武装の兵士だったのだ。

槍《やり》や剣、弓矢を持ち、共通する意匠の施された軽鎧《ライトアーマー》をまとっている。

行人《ゆくと》に軍事や武術の知識など全くないが、それでも現れた十人近い兵士が専門的な訓練を積んだ動きをしているのは一目で分かったし、そもそも光の中から現れてからずっと空中に浮きっぱなしなのだ。

　空を飛べる完全武装の兵士に囲まれたら、万に一つも行人《ゆくと》に勝ち目などあるわけがない。

とはいえ、武装している相手はすぐに襲い掛かって来ることはせず、槍《やり》の間合いで行人《ゆくと》達の様子を観察しているようだ。

　そのため、行人《ゆくと》も彼らを観察するわずかな余裕があったのだが、初めて見る異世界の兵士の彼らに、行人《ゆくと》は得体の知れない違和感を抱いた。

「何なに何なの!?　わ、私と風花《ふうか》ちゃん何もしてないよ!?　何かしたのこのセンパイとカメラだよ!?」

　そんな行人《ゆくと》の後ろで泉美《いずみ》が行人《ゆくと》を差し出そうとしているのに理不尽なものを覚えざるを得ないが、結果的にそれが状況を動かした。

「風花《ふうか》……？　もしかしてそっちの子は、泉美《いずみ》ちゃん？」

　明らかに周囲より位の高そうな装《よそお》いの兵士が兜《かぶと》の面頬《めんぼお》を上げた。

　中年の女性の声だった。そして面頬《めんぼお》から出てきた顔を見たとき、行人《ゆくと》は抱いた違和感の正体に気づいた。

「エルフじゃ……ない？」

　現れた女性の顔は、どこからどう見ても平均的アジア人の顔だったのだ。

　というか、記憶にある『渡辺風花《わたなべふうか》』の面差しによく似ているのだ。

「風花《ふうか》？」「フーカか」「なんだ、同胞かよ」「向こうの人間を連れて来たのか」

女性が顔を出したのと同時に、次々に他の兵士も警戒を緩め、面頬《めんぽお》を上げる。

そして素顔を晒《さら》したほぼ全員が日本人の顔をし、日本語を話していた。

最初に顔を見せた女性が警戒を緩めないままゆっくりと地面に降りると、槍《やり》の穂先を油断なく行人《ゆくと》に向けつつ、後ろの二人を見る。

「風花《ふうか》。それに泉美《いずみ》ちゃん。こんな時間にこんなところで何をしているの」

「お仕事中にごめんなさい、お母さん」

中年女性の問いかけは冷たく、エルフの渡辺《わたなべ》の答えもまた相応に硬いものだった。

「実はこっちの……大木《おおき》行人《ゆくと》くんは、私の本当の姿が見えているんです」

「何ですって？」

エルフの渡辺《わたなべ》にお母さんと呼ばれた兵士の顔が険しくなり、行人《ゆくと》を横目で睨《にら》む。

「一体どういうこと」

そして、かすかな怒気と共に行人《ゆくと》に突きつけられる槍《やり》の穂先が少し喉に近く上がった。

「この男の子は誰」

「学校の……クラスメイト」

「姿を見られたって、どういうこと？」

「そのままの意味だよ。あるとき突然、大木《おおき》くんの目に魔法が効かなくなって」

「何かきっかけになる出来事があったはずよ」

「そ、それは、その……」

エルフの渡辺《わたなべ》は言葉に詰まる。

きっかけと言えば、どう考えても行人《ゆくと》の告白しか考えられないからだ。

だが高校二年生の少女が母親に告げるのにはデリケートすぎることだし、この数少ないやりとりを見ても、母娘《おやこ》の関係はあまりスムーズではないように思える、

「きっかけかは、まだはっきりとは分かってないの。これかなっていうのはいくつかあるんだけど、決め手に欠けるというか」

「何なの。はっきりしなさい」

「えっと……それは、その」

エルフの渡辺《わたなべ》は完全に委縮してしまっているようだ。

するとはらはらした様子で二人の会話の推移を見守っている泉美《いずみ》が、エルフの渡辺《わたなべ》が追い詰められている様子にいてもたってもいられなくなっているらしい。

そして一瞬行人《ゆくと》を見てから口を開こうとしたので、行人《ゆくと》はそれを制する形で声を開いた。

「このカメラが原因かもしれません」

「大木《おおき》くん⁉」

エルフの渡辺《わたなべ》は思わず大声を上げるが、行人《ゆくと》はそれを制した。

「あなたは……？」

「大木行人《おおきゆくと》といいます。渡辺《わたなべ》さん……風花《ふうか》さんとは、南板橋高校《みなみいたばしこうこう》の同級生です。去年からの」

「そうなの。そのカメラは？」

泉美《いずみ》はこの女性のことを、渡辺涼香《わたなべりょうか》と呼んでいた。エルフの渡辺《わたなべ》の、エルフではない母。

行人《ゆくと》はカメラを彼女に差し出した。

「元は父のカメラですが、今は俺が使っています。俺は本当についこの前までエルフ……サン・アルフのことは何も知らなくて、今も別によく分かってません」

「なのにどうして、風花《ふうか》の顔を？」

「風花《ふうか》さんの言う通りです。原因となりそうないくつかありますけど、俺には分かりません。分かるわけがない。まだこの世界の存在を知って、二時間かそこらなんです」

「ならばそのカメラが原因だと言う理由は」

「風花《ふうか》さんが、このカメラを覗《のぞ》いた途端に気絶しました。そのとき日本からの扉が消えて帰れなくなりました。小滝《こたき》さんがあなたのことを知っているとのことだったので、助けを求めにここまで」

「助けを求めているのなら何故《なぜ》、迷いの道の魔法を破壊したの」

「俺は破壊したつもりはありません。ファインダーの中に妙なものが見えたから、それを撮影しただけです」

「だけ、ということはないでしょう。そこに至るまでの理由があったはずです」

「それもいくつもありますけど、正直分からないことの方が多いんです。説明はできません」

渡辺涼香《わたなべりょうか》は槍《やり》こそ下ろしたが、行人《ゆくと》が差し出すカメラを乱暴に奪い取った。

「お母さんっ！」

エルフの渡辺《わたなべ》は友人の持ち物を乱暴に扱う母に抗議の声を上げる。

「見たところ、随分古いフィルムカメラね。メーカーロゴもないし、国産機じゃなさそう。こっちに来てから、何か撮影したものは？」

「ここでこの道を撮影したのが最初です。それ以外は何も」

「……ファインダーを覗《のぞ》いた？」

行人《ゆくと》の言葉を信じていないのか、疑うような表情でカメラのファインダーを覗《のぞ》きこもうとし、慌てて顔を背ける。

「このカメラは使用者の魔力を吸い取る機構を持っているわ。明らかに日本の……地球のものじゃない。お父様は何も言ってなかったの？　いつどこで手に入れたとか。これを使っていたとしたら、あなたも普通じゃない何かを体験していたはずよ」

行人《ゆくと》は首を横に振り、何でもないことのように言った。

「聞けませんでした。俺がそれで写真を撮るようになったのは、父が亡《な》くなってからですから」

「えっ⁉」「は⁉」

エルフの渡辺《わたなべ》と泉美《いずみ》は、目を見開いて息を呑《の》んだ。

「確かに普通じゃない体験はしていました。このカメラは、良い被写体を輝きで教えてくれるんです。でも、それだけです。それ以外の不思議な現象は、全部こっちの世界に踏み込んでから起こったものです」

「……」

渡辺涼香《わたなべりょうか》は奪ったカメラと行人《ゆくと》を何度も交互に見た。

「……話は分かりました。地球で『魔王』由来のものや、我々の先祖由来のものが見つかる前例はいくつもあるから、これももしかしたらその一つかもしれないわね」

そして、他の兵士に合図をして武器を下げさせると、自分も槍《やり》を背に収め他の兵士を下がらせ、自分の背後に手を振った。

すると、見覚えのある大きな長方形の光が生まれ、その向こうに見覚えのあるエルフの渡辺《わたなべ》の部屋が出現した。

「さあ、向こうも夜でしょ。風花《ふうか》と泉美《いずみ》ちゃんはさっさと帰りなさい」

「待って、どういうこと、お母さん」

エルフの渡辺《わたなべ》の回復を待たずして行人《ゆくと》と泉美《いずみ》の帰る道が開いたが、娘は剣呑《けんのん》な様子で母に食って掛かった。

「どうして私と泉美《いずみ》ちゃんだけなの」

「こちらの大木《おおき》くんには話があるからよ」

「それなら泉美《いずみ》ちゃんだけ帰って。私も一緒に聞く」

「えっ……っと、それはちょっとなくない？　話が長くならないなら、私も一緒に……」

「泉美《いずみ》ちゃん……お願い、今は……」

明らかに空気を読めていないかのような発言にエルフの渡辺《わたなべ》と渡辺涼香《わたなべりょうか》から非難がましい目で見られた泉美《いずみ》だが、慌てて首を横に振った。

「いやいやそういうことじゃなくてさ！　風花《ふうか》ちゃんち、今誰もいないでしょ。私一人で帰ったら風花《ふうか》ちゃんちの玄関の鍵開けっ放しになっちゃうから……不用心じゃないかなって」

「「「……………」」」

行人《ゆくと》、エルフの渡辺《わたなべ》、渡辺涼香《わたなべりょうか》の三人が思わず顔を見合わせ、

「私の部屋の、勉強机の一番上のアクセサリーラックに梅の花のキーホルダーがついてる鍵があるから、それ持って行って。明日、学校で返してくれればいいから」

「う、うん。分かった。それじゃあ」

三人に見送られながら、泉美《いずみ》は一人境界をまたぐ。

「風花《ふうか》ちゃんもセンパイも……また明日、学校でね」

泉美《いずみ》が境界を越えきってから不安げにそう言うと、渡辺涼香《わたなべりょうか》は境界を閉じた。

「お母さん。話をするのなら、大木《おおき》くんにカメラを返して」

泉美《いずみ》の姿が見えなくなってから、エルフの渡辺《わたなべ》は毅然《きぜん》と母に告げる。

「まだそういうわけにはいかないわ」

だが、渡辺涼香《わたなべりょうか》はやんわりとそれを断り、娘の顔色を更に険しくさせた。

「どういうつもり。大木《おおき》くんのカメラが魔王由来のものだと決まったわけじゃないでしょう。それに、たとえそうだったとしても、それは大木《おおき》くんのお父さんが遺《のこ》したもので、私達が好き勝手していいものじゃない」

「風花《ふうか》」

「たかがカメラだよ。私の魔力を吸収したところで迷いの道の魔法を破壊するくらいしかできないカメラなんか、放っておいても何の問題もないでしょう」

「聞きなさい風花《ふうか》、このカメラには、私達サン・アルフの宿命の……」

「サン・アルフの宿命も、魔王だ祖先の遺産だに振り回されるのも、もううんざりなの！」

これまで行人《ゆくと》が聞いた中で『渡辺風花《わたなべふうか》』の最も大きな声だった。

「一体いつまで私達は、顔も知らない祖先の過《あやま》ちの責を負わされなきゃいけないわけ!?　私達が今の世界に何をしたっていうの！　今生きているサン・アルフが、ナチェ・リヴィラに何かした!?」

「風花《ふうか》……」

わせた。

渡辺涼香《わたなべりょうか》が娘を見る目は、呆《あき》れでも怒りでもなく、どこか同情と、忸怩《じくじ》たる思いをうかがわせた。

「最悪私だけならいい！　でも、私の友達の大切なものを奪うことだけは絶対に許さない！」

次の瞬間、エルフの渡辺《わたなべ》の足下に光と旋風が巻き起こり彼女の長い髪をたなびかせ、それを見た渡辺涼香《わたなべりょうか》以外の兵士達は思わず身構える。

「世界から奪った魔王を忌《い》み嫌《きら》うなら、魔王のように奪わないで！　今すぐそのカメラを、大木《おおき》くんに返して！　さもないと……！」

「わ、渡辺《わたなべ》さん！」

次の瞬間、行人《ゆくと》がその場に立っているのが難しいほどの豪風がエルフの渡辺《わたなべ》を包み、一瞬の瞬《また》きの後、そこにいたのはゆったりしたニットを纏《まと》った、ぽやぽやとした私服エルフではなかった。

薄桃色の輝く花があしらわれた、森の草木から生まれた翠緑《すいりょく》の短剣とサークレット、そしてグローブとブーツを帯びたエルフの戦士だ。

「カメラに魔力を吸われてるのに随分無理をするじゃない、風花《ふうか》。いえ」

渡辺涼香《わたなべりょうか》は一度収めた槍《やり》に再び片手をかける。

「レグニ・フニーグ・フーカ。でも、如何《いか》に緑の指の名を持つ者でも、この人数を相手にできるかしら」

「緑の、指……？」

そのフレーズに行人《ゆくと》は聞き覚えがあった。

ほかならぬ、自分自身が『渡辺風花《わたなべふうか》』を評して言った言葉だ。

「お母さん達が大木《おおき》くんや、日本の人達の大切なものを力で奪おうとするのなら、私も力でそれを守る。それだけのことだよ」

回復しきっていないエルフの渡辺《わたなべ》の顔色は青い。だがそれでも行人《ゆくと》を背後に庇《かば》い、母に向けて刃を構える。

「……ふふ、言うようになったじゃないの。でも……」

渡辺涼香《わたなべりょうか》は行人《ゆくと》の目にも留まらぬ速度で槍《やり》を構え直した途端、行人《ゆくと》のカメラをエルフの渡《わた》辺《なべ》目掛けて放り投げた。

「あっ！　ちょっ！」

ある意味突然の凶行にエルフの渡辺《わたなべ》は構えを解いてそのカメラを受け止めようとするが、

「あなたはもう少し、落ち着いて親の話を聞きなさい」

投げたカメラに追いついた渡辺涼香《わたなべりょうか》は、宙に浮いていたカメラを鷲摑《わしづか》みにすると、カメラの背面、即《すなわ》ちファインダーをエルフの渡辺《わたなべ》の顔、その右目の前に叩《たた》きつける勢いで静止した。

「んばべっ⁉」

その瞬間、エルフの渡辺《わたなべ》の身を包んでいた如何《いか》にも強力そうなエルフ的兵装は霧散し、エルフの渡辺《わたなべ》は奇声を上げながらその場に膝から崩れ落ちた。

「渡辺《わたなべ》さんっ！」

目を回して後頭部から落ちそうになったエルフの渡辺《わたなべ》に駆け寄りぎりぎりのところで背中から支えた行人《ゆくと》は叫ぶ。

「な、何するんですか！」

「大丈夫よ。サン・アルフはそんなことくらいじゃ死なないから」

「いやそういうことじゃなくて！」

あの勢いでカメラを顔面に叩《たた》きつけたらカメラも顔も無事じゃすまないとか、今またカメラに魔力を吸わせたのか、言いたいことは色々あるが、とりあえずここまでのやりとりのほとんどがとてもではないが穏やかな母娘《おやこ》のやりとりではなかった末の一瞬の格闘劇だったため、つい非難がましい口調になってしまった。

「……昔からね、どうしても合わないのよ。お互いそんなつもりがなくても、どうしてか喧嘩《けんか》になっちゃうの。この子も私も、なんというか、早とちりの口下手でね」

だが、渡辺涼香《わたなべりょうか》の反応は、思いがけず冷静で穏やかなものだった。

「あなたのお父様の形見を乱暴に扱ってごめんなさい。でも、返すのはもう少しだけ待ってちょうだい。もしまだ急いで帰らなくていいようなら」

言いながら渡辺涼香《わたなべりょうか》は槍《やり》の石突を地面に軽く立てる。

その瞬間、行人《ゆくと》が撮影した輝きの道が再び光り、森の奥に穏やかな光が無数に灯《とも》る。

「少しだけ、その子を背負ってもらえるかしら。大木行人《おおきゆくと》君」

そして、道が、草が、風が、木々が、まるで王に道を開ける臣下のように道を開き、行人《ゆくと》の目にその光景を見せつけた。

「アストティラン浮遊監獄島、東の大樹海、サン・アルフの村イーレフにご招待するわ。時間は取らせませんから、私の頼みを聞いてもらえないかしら」

◇

巨木と共に生きる村、イーレフ。

それは間違いなく、夢と空想と物語の中に存在するエルフの村であった。

東の大樹海の名に相応《ふさわ》しい巨木の森は、エルフの魔法によるものか、それとも異世界の不思議によるものか、街灯の類《たぐい》もないのに夜もなお柔らかく明るかった。

村を構成する建物や施設は、どうやら巨木の幹に張り付くように建造されており、上を見上げると巨木と巨木を繋《つな》ぐ橋のようなものが縦横に渡っていて、それらがまるでホタルかランタンに彩《いろど》られているかのように、オレンジと淡いグリーンの光をほのかに発し、夜の森を照らしているのだ。

村には地上も樹上の橋にも大勢の人が行き来しており、巨木に張り付く住居らしき建造物の数を見ても、少なくとも数百人の人間が暮らす里であることが察せられた。

「大丈夫かしら、大木君《おおき》。その子、重くない？」

「いえ……そう言えば、あれ？」

森の入り口から村まで数分。

エルフの渡辺《わたなべ》を背負って歩いていた行人《ゆくと》だが、言われるまで彼女の重さを感じなかった。

最初はそれこそほんの数分歩くだけで、その重さにバテかけていたのに。

「森の魔力がその子とあなたを受け入れているのよ」

「そういうものなんですか。ただの人間の俺にも、魔力って影響するものなんですか」

「サン・アルフだってただの人間よ。あなた達より少しだけ、魔力に関わった歴史が長いだけ。ところで大木君《おおき》。高いところは平気？」

「はい、特に怖くはないですけど……」

「そう。良かった。ここにはエレベーターなんて気の利《き》いたものはないから、スムーズに里の上層に行くには少し空を飛ぶ必要があるの」

「え？　うわっ！」

言うが早いが、行人《ゆくと》はエルフの渡辺《わたなべ》を背負ったまま、体が突然浮き上がるのを感じた。

「え？　え⁉　ええ⁉」

まるで見えないエレベーターに乗せられたかのような感覚。エルフの渡辺《わたなべ》を背負って直立したまま自分の体がバランスも崩さず浮き上がるのは、いかなる技によるものか。

渡辺涼香《わたなべりようか》も、同じ透明のエレベーターに乗っているかのような様子で上を見る。

「風花《ふうか》がどれくらいの話をしたのかは分からないけど、一つだけ言っておきたいのは、私達サン・アルフは日本や地球の他の国々の人々を害するつもりは一切ないの」

「は、はあ」

「この世界のことは、どれくらい？」

「はい、ナチェ・リヴィラのエルフ、『サン・アルフ』は祖先の罪を清算する責務を負っていて、かつてナチェ・リヴィラを混沌《こんとん》に陥《おとしい》れた『魔王』がサン・アルフ出身で、討伐される寸前で地球のどこかに逃げたからそれ以後二百年、サン・アルフは今俺達が立ってるらしいアストティラン浮遊監獄島から出ることは許されず、仕方なく異世界に逃げた祖先の魔王を討伐するために姿を隠して地球のあちこちに姿を隠して溶け込み魔王を探すことが罪で贖罪《しよくざい》で、渡辺《わたなべ》さんもそんなサン・アルフの一人で、一族の秘密が渡辺《わたなべ》さんの秘密なんだってことは聞きました」

「あ、そ、そう」

淀《よど》みなく答えた行人《ゆくと》に、何故《なぜ》か渡辺涼香《わたなべりようか》は少し引いたような表情を見せた。

「だ、大体は分かってもらえてるみたいね」

「そうでもありません。本当に今言った通りのことを風花《ふうか》さんから聞いただけなので、魔王が具体的にどんな奴《やつ》でどんなことしたのかとか、サン・アルフが具体的にどんな種族なのかとかは、未《いま》だに分かってません。魔法とか魔力もとりあえずそういうものがあるっていう状況証拠と話があるから受け入れてますけど、実際何なのか、っていうのは、まだ」

「……こんな言い方をするとまた風花《ふうか》に誤解されてしまうかもしれないけど、それをあなたが理解する必要はないわ。だってこれは私達サン・アルフの問題で、もし事情を完全に理解してもらえたとして、あなた達地球の人間に魔王捜索や魔王討伐を手伝わせることは決してないもの」

それは、確かにそうなのだろう。

エルフの渡辺《わたなべ》にしろ渡辺涼香《わたなべりょうか》にしろ他のサン・アルフにしろ、見た目が日本人だというだけで、空を飛んだり魔法を使ったり鉄の武器を片手で振り回したりと、明らかに普通の日本人や地球人と一線を画した能力を有している。

そんな人々が二百年かけて取り組んでなお解決できない事業に、ちょっとカメラに詳しいだけの高校生男子が介入する余地は皆無だ。

「ならば何故《なぜ》、俺や小滝《こたき》さんを里に受け入れるんです？　俺達は子どもです。うっかり秘密を漏らすこともあるかもしれない」

「泉美《いずみ》ちゃんが風花《ふうか》と知り合ったのは小学生の頃だけど、あの子、結構おもらししてるのよ、風花《ふうか》のこと」

「そうなんですか？」

「でも、そもそも見た目がこうでしょう？」

そう言うと渡辺涼香《わたなべりようか》は自分の顔を指さす。

今は鎧《よろい》と槍《やり》とイーレフの里だから彼女がエルフだと納得できるが、コンビニやスーパーなどの街中で彼女とすれ違えば、記憶にも留《とど》めないくらい『どこにでもいそうな』顔ではある。

すると、いつの間にか三人は巨木の鬱蒼《うっそう》と茂る森の枝葉の屋根を抜け、空が見える場所まで上がってきていた。

「うわ」

明らかに日本の夜空とは違う満天の星空を背景に、それはあった。

樹海の巨木の更に倍はあろうかという巨木が人柱、屹立《きつりつ》しており、渡辺涼香《わたなべりようか》は行人《ゆくと》をその木に誘おうとしているらしい。

「もしかして……あれがユグドラシル？」

「知ってるの？」

「はい。風花《ふうか》さんが前に、俺の名前に似てるって」

「ああ、なるほどね。ふふ、そういうこと」

「え？」

「なんでもないわ。もうすぐ着くわ」

渡辺涼香《わたなべりょうか》が指し示す先にあるのは、里の中にいくつもあったテラス。

人工的に作られた場所ながら、まるで草原のように土と草に覆われ、里を満たしていた淡い光がホタルのように微《かす》かに立ち上っている。

そのテラスに着陸すると、

「……ん……」

行人《ゆくと》の背中でもぞもぞとエルフの渡辺《わたなべ》がみじろぎした。

「え？　あ！　わ！　お、大木《おおき》くん!?　な、なんで！」

「ちょ、ちょっと暴れないで！　落としちゃう、わあっ！　危ないっ！」

「きゃあっ！」

自分がまたも気絶して行人《ゆくと》に背負われていることに気がついたエルフの渡辺《わたなべ》は、気恥ずかしさからかその背から降りようとして落下し、浮遊魔法の軛《くびき》から解かれて体のバランスが整っていない行人《ゆくと》を引き倒してしまった。

「あなた達、いくら何でも親の前でそれは大胆が過ぎないかしら」

「お母さんっ！　これは不可抗力！」

「ご、ごめん渡辺《わたなべ》さんっ！　すぐどくから!!」

決して故意ではないとはいえ、完全にエルフの渡辺《わたなべ》に覆いかぶさる形で倒れてしまった行人《ゆくと》は、渡辺涼香《わたなべりょうか》の手前これ以上無様を見せないよう、きちんと慎重に地面に手を突いて紳士的かつ迅速にエルフの渡辺《わたなべ》の上から飛びのいた。

「今のは確かに風花《ふうか》が悪いわ。ここまで背負ってくれた大木《おおき》君に失礼じゃない」

「そ、それはそうだけど……そこは、驚いたというか、心の準備がなかったというか……」

「だとしてもそういうときに暴れるのはどうかと思うわ。あなた、年取ったら車の運転しちゃだめよ。アクセルとブレーキ踏み間違えてパニックに陥るタイプだわ」

「やめてよもう!!　……あ」

「だ、大丈夫？」

立ち上がろうとしたエルフの渡辺《わたなべ》の前に、行人《ゆくと》の手が差し出される。

「あ、ありがとう……」

エルフの渡辺《わたなべ》は母の方を横目で見、顔を赤らめながらも行人《ゆくと》の手を取って立ち上がった。

渡辺涼香《わたなべりょうか》も、さすがにここで何か茶々を入れることはしなかった。

「お母さん、まだ大木《おおき》くんにカメラを返してないの。大樹のテラスにまで連れてきて、一体どういうつもりなの」

「落ち着きなさい風花《ふうか》。安心して。カメラは大木《おおき》君に返します。ただ……大木《おおき》君にお願いしたいことがあるんです」

そう言うと、渡辺涼香《わたなべりょうか》はやおらその場に跪《ひざまず》いて、行人《ゆくと》に頭を垂れた。

「このカメラで、風花《ふうか》と私の写真を撮ってもらえませんか」

思いがけない申し出に、行人《ゆくと》は目を見開いた。

「これからこのカメラに、私の魔力も吸収させます。そうすれば、サン・アルフの戦士二人分の魔力が蓄積されたことになる。大木《おおき》君。あなたは風花《ふうか》の魔力を込めたカメラで、迷いの道の魔法を破った。ならばもしかしたら……私達の体にかかった魔法も……」

「体にかかった魔法って……もしかして、姿を変える」

渡辺涼香《わたなべりょうか》は顔を上げ頷《うなず》くと、娘を、エルフの渡辺《わたなべ》を見た。

「あなたは風花《ふうか》の本当の姿が見えている。そうよね？　それは、どんな姿？」

行人《ゆくと》は戸惑いながら、エルフの渡辺《わたなべ》を見る。

「それは、金色の長い髪に、緑色の綺麗《きれい》な瞳……長い耳で、その、えっと、とても、美人な」

「や、やめてよ大木《おおき》くん、そんな……」

「……大木《おおき》君。あなたは、娘のことを、好きでいてくれるのね」

「えっ⁉　あ、いや、それは、その、あのですね！」

『渡辺風花《わたなべふうか》』への恋心を突然言い当てられ狼狽《うろた》える行人《ゆくと》だが、次の一言に凍り付いた。

「私には、風花《ふうか》のその姿は、見えないんです」

「えっ」

「私だけではありません。風花《ふうか》も、自分自身の本当の姿が見えていません」

行人《ゆくと》は絶句し、エルフの渡辺《わたなべ》を見ると、彼女もその言葉を否定せず、小さく頷《うなず》いた。

「どうして……そんなことが……」

「それが魔王を生み出してしまったサン・アルフに課せられた数多《あまた》の罰の一つです。私達は自分で自分の本当の顔と姿を見ることができない。風花《ふうか》も、私のサン・アルフの素顔を一度も見たことがないのです」

「そ、そんなことって……」

「あ、で、でも、そこまでシリアスに捉えないで。逆に言えばもう生まれてこのかたお互いこの顔で生きてきたわけだから、第一世代に比べるともう完全に割り切っているというか、この顔のお母さん以外はお母さんと認識できないレベルというか！」

ここで言う『この顔』とは、今行人《ゆくと》が見ているエルフの渡辺《わたなべ》の顔ではなく、行人《ゆくと》が恋した『渡辺風花《わたなべふうか》』の顔のことだろう。

異世界ナチェ・リヴィラのサン・アルフでありながら、渡辺涼香《わたなべりょうか》、渡辺風花《わたなべふうか》という名で日本人として生きてきた時間の方が長いのだから、アイデンティティももはやその名と姿に依拠してしまっていてもおかしくはない。

「だから、別に日本人の姿が嫌だとかそういうことじゃないの！　ただ……ただ、ね。泉美《いずみ》ちゃんと……大木《おおき》くんには見えてるなら……二人に私はどう見えているのか見たい、とは、思うかな。自分の、本当の顔」

「渡辺《わたなべ》さん……」

あまりの事実に、行人《ゆくと》はなかなか状況が整理できないでいた。

「その、魔法が切れるのを待つわけにはいかないんですか？　前に渡辺《わたなべ》さん、その魔法を維持するのに沢山食べなきゃいけないって……」

「食べずに魔力が尽きると、魔法が解けるんじゃなく魔法が体から力を奪い続けて死ぬわ」

「渡辺《わたなべ》家には大事なことを軽く流さなきゃいけないルールでもあるんですか⁉」

とんでもない事実をあっさり明かす渡辺涼香《わたなべりようか》に、思わず行人《ゆくと》は突っ込んだ。

「だって、重々しく扱ったからって軽くなるわけじゃないもの」

「そりゃそうですけど！」

「姿隠しの魔法はサン・アルフにかけられた呪いのようなもので、自分達で解くことはできないの。解く方法も伝わっていない。ただ時々あなたや泉美《いずみ》ちゃんのように、魔法を破って私達の本当の姿を見てくれる人が現れる。風花《ふうか》は幸運だわ。二人も、そんな人がいるんだから。私には一人だけだったから……」

寂しげにそう言いながら、渡辺涼香《わたなべりようか》は行人《ゆくと》のカメラを抱えると、ファインダーを覗《のぞ》いてもいないのに、エルフの渡辺《わたなべ》の魔力を吸収した時と同じ乾いた音がして、淡い輝きが渡辺涼香《わたなべりようか》からカメラに吸い込まれるように移動する。

「試してみて、もらえないかしら」

おずおずと差し出されるカメラを、まるで自分のものではないかのように丁重に受け取った行人《ゆくと》は、両手でカメラを構えつつ、エルフの渡辺《わたなべ》に問いかける。

「撮っても、いい？」

「私はずっと前から大木《おおき》くんのモデルだよ」

エルフの渡辺《わたなべ》の笑顔は、明るかった。

その笑顔に、自分には見えておらず、彼女には見えている『渡辺風花《わたなべふうか》』の笑顔が重なる。

先ほどまで殺し合いでもしかねない勢いで言い合っていた母娘《おやこ》は、今や悄然《しょうぜん》と寄り添い行《ゆ》く人《と》がシャッターを切るのを待っていた。

「本当にこのカメラにそんな力があるかどうか分かりませんけど」

行人《ゆくと》はゆっくりとファインダーを覗《のぞ》きこんだ。

ファインダーの中には、幻想的に光るテラスの地面と大樹と星一杯の夜空。

そして、恥ずかし気に寄り添う小さな影の母娘《おやこ》がいた。

その全てが、光り輝いていた。

「二人とも、笑って」

それはカメラマンとしての要請ではなく、半ば祈りであった。

地球の人間には想像もつかない力を持つ種族の持つ、悲しすぎる呪いを少しでも和らげたい。

本当にこのカメラに魔法を打ち破る力があるのなら、この呪いを打ち消すことができるよう

に。

写真に写った人々が、笑顔になるような、そんな写真を。

祈りの果てにかけられた声は、

「はい、チーズ」

日本ではあまりにも使い古された、そんな言葉だった。

chapter_7

007

The Elf Named Watanabe

VOL-1

終章

渡辺風花は、始めたい

#エルフの渡辺　#電撃文庫

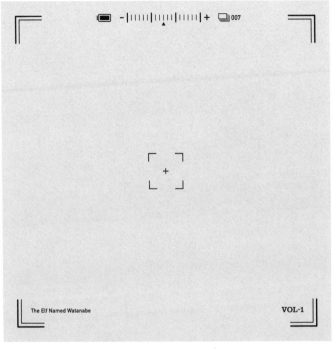

「お邪魔します」

「どうぞ、上がって」

ナチェ・リヴィラに行った日から三日後。

行人《ゆくと》は自宅にエルフの渡辺《わたなべ》を招いていた。

学校帰りに制服姿の同級生の女子が自宅にいるという事態にすこぶる緊張している行人《ゆくと》だったが、今日はそれ以上に緊張する事態がこの後待ち受けている。

「ここ、親父《おやじ》の書斎。入ってみる？」

「ううん。まずは大木《おおき》くんの部屋がいいな」

「分かった。……行っておくけど、別に変なものとかないからね」

「ええ？　なあに、変なものって。何かあっても気にしないよ。それに私、親戚以外の男の子の部屋に上がるの初めてだし大丈夫だよ」

妙な予防線を張ってしまったせいで変な会話になってしまった。

何が変なものなのか、何が大丈夫なのか知らないが、突き詰めても何ら発展しない話題なので行人《ゆくと》は乱暴に捨て置き、自室にエルフの渡辺《わたなべ》を案内した。

「お邪魔します」

二度目のお邪魔しますでエルフの渡辺《わたなべ》を自室に入れた行人《ゆくと》の緊張度合が跳ね上がる。

行人《ゆくと》自身、エルフの渡辺《わたなべ》の部屋でやったことだが、人は初めて入った部屋を色々きょろきょろと見るものらしい。

「ここが大木《おおき》くんの部屋……」

「べ、別に普通の部屋だけどね」

「ううん。そんなことないよ。何となく、大木《おおき》くんの匂いがする気がする」

「えっ」

エルフの渡辺《わたなべ》が来ることになったその日に徹底的に大掃除をしてベッドの布団《ふとん》や毛布も干し、咽《むせ》るくらい消臭剤をバラまきまくったのだが、まだ何か匂ったのだろうか。

今更取り返しのつかないことに焦《じ》らされる行人《ゆくと》だが、エルフの渡辺《わたなべ》は気づく様子もなく、

「ここ、座っていい？」

明らかに用意されているクッションを指さす。

「ど、どうぞ。その、今お茶とかお菓子持ってくるから待ってて」

「お構いなく」

エルフの渡辺《わたなべ》と同じ部屋にいるのも緊張するが、彼女一人を部屋に残すのもそれはそれで緊張する。

エルフの渡辺《わたなべ》に限って勝手にあちこち探ることなどないだろうが、先日泉美《いずみ》が語っていた『定石《じょうせき》』がつい頭をよぎってしまう。

ボンビーリャやクィアとは比べるべくもない普通のマグカップにティーバッグの紅茶。そし

てスーパーで買ったクッキーとポテトチップス。

行人《ゆくと》が考え得る限界のそれらをトレーに載せて部屋に戻ると、エルフの渡辺《わたなべ》は相変わらず部屋を見回しながらクッションに座って待っていた。

「どうぞ。普通の紅茶だけど」

「ありがとう。いただきます」

エルフの渡辺《わたなべ》は一口飲んで、ぱっと華やかな笑顔になった。

「わあ、これアッサム？」

「う、うん。母さんが、割と紅茶好きで。ティーバッグだけど」

「そうなんだ。うちでもよく飲むよ。マテ茶に限らず、お母さんが日本に来たときには色んなお茶を買うの」

「そうなんだ。……それでさ、早速写真のことなんだけど」

エルフの渡辺《わたなべ》がやってきたのは、当然だがイーレフの里で撮った渡辺母娘《わたなべおやこ》の現像した写真を渡すためだ。

エルフの渡辺《わたなべ》が今日こうして普通に学校に行き、帰り、外を歩いて大木《おおき》家に来たことからも分かる通り、二人分の魔力を吸収したカメラの撮影は、渡辺母娘《わたなべおやこ》の身にかけられた姿隠しの魔法を破ることはなかった。

迷いの道が破られたときのように何かが砕ける音はしたのだが、撮影した時点では行人《ゆくと》の目から見た渡辺涼香《わたなべりようか》の姿は変わらず、もちろんエルフの渡辺《わたなべ》の姿が変わることもなかった。

そして撮影の結果は写真の中に収められている。

現像もいつもの店には頼まず、卒業した先輩に相談しながら写真部の暗室で一人で現像作業を行ったのだ。

そのため行人《ゆくと》は撮影の結果がどうなったのか既に知っている。

「そうだ、写真と言えば！」

だが現像された写真を取り出そうとした行人《ゆくと》を制して、エルフの渡辺《わたなべ》は手を打った。

「ちょっと大木《おおき》くんにきちんと確認しておきたいことがあって」

「え？　何？」

「うん。大したことじゃないんだけどね」

エルフの渡辺《わたなべ》らしくもなく妙に笑顔に圧がこもっているのは、恐らく気のせいではないだろう。

それを証明するかのように、エルフの渡辺《わたなべ》の声は普段の彼女らしくない迫力があり、小柄な体をぐっと近づけてくる。

「泉美《いずみ》ちゃんが写真部と兼部したいって言ってきたんだけど、本当？　大木《おおき》くんは、そのこと承知してるの？」

「あ、ああ、そのこと？」

事を聴取されたのだ。

ナチェ・リヴィラから帰った翌日。

行人《ゆくと》は泉美《いずみ》からエルフの渡辺《わたなべ》抜きで呼び出しを受け、写真部の部室で泉美《いずみ》が帰った後の出来事を聴取されたのだ。


「風花《ふうか》ちゃんが……自分のエルフの姿が見えてないって、それ……何それ？」

渡辺母娘《わたなべおやこ》の写真を撮ったあと、穏便に帰宅したことまでを告げると、泉美《いずみ》は強いショックを受けたようだった。

「そういう魔法だって話だけど、小滝《こたき》さんは知らなかったの？」

「知ってたらこんなショック受けてないよ！　そんな、私……だって」

「渡辺《わたなべ》さんからは、昨日のことは？」

「家の鍵を返したときにちょっとだけ。いつも通りおばさんとちょっと喧嘩《けんか》して、センパイのカメラは返却されたってことくらいしか」

「あれっていつも通りなんだ」

槍《やり》で脅され、魔法の武装で吹き飛ばされそうになったのだが、あの規模の喧嘩《けんか》が日常茶飯事なのだろうか。

「母親と娘のやりとりなんて大体あんなもんじゃない？　私もしょっちゅうお母さんとあれく

らいの言い合いするし」

「マジか」

「センパイはお父さんとはそういうやりとり、無かったの？」

「俺？」

　父親のことに言及されるとは思わず驚くと、泉美《いずみ》は決まり悪そうにしながらも目をそらさずに言った。

「思い出を聞くことくらい、悪いことではないでしょ？」

「ん……。まぁ、そうだなぁ。基本俺には甘い親だったからなあ。よく母さんとそのことで喧《けん》嘩《か》してた気がする」

「ふーん。まぁ昭和型の父親の方が今時珍しいか」

「それもあるんだけどさ、父さんは自然や動物を撮るプロの写真家だったから、家にいるときは平日休日関わらずずっといたけど、いないときは撮影のために何ヶ月もいないのが当たり前の人だったからさ、その時間を埋めようとして、何だかんだ俺に甘かったのかも。最低限のしつけ的なことで怒られたことはあるけど、喧嘩《けんか》した記憶は一つもないよ」

「へー。良《い》い思い出の方が多いんだね」

「まぁ、そうかな。それでも、生きていてほしかった」

「それは………ごめん、今のはちょっと突っ込みすぎだった」

「いいよ別に。同情してほしいわけじゃないし、さすがにもう父親を寂しがって泣くような年齢じゃないから」

「……それで、写真は撮れたの？　風花《ふうか》ちゃんとおばさんの」

「撮ったは撮ったけど、ご存知の通りフィルムカメラだし、さすがに店に出すのは不安だから、写真部の暗室でこれから現像するつもり」

「そっか。自前で現像できるんだもんね。そっか」

泉美《いずみ》は少し迷う様子を見てから、上目遣いに行人《ゆくと》を見て、姿勢を正した。

「あのさセンパイ。もし、きちんと風花《ふうか》ちゃんとおばさんのエルフの姿を写真に撮れてたら、お願いしたいことがあるの」

「何だよ。改まって」

「全然大したことじゃない。写真部部長なら楽勝なこと」

泉美《いずみ》は大きく息を吸って、吐いた。

「あのね、私も風花《ふうか》ちゃんと写真撮りたいの。私にとって、物心ついたときから風花《ふうか》ちゃんはエルフだった。でも、一緒に写真を撮っても映るのはいつも私の目には映らない風花《ふうか》ちゃん。写真に写る日本人版風花《ふうか》ちゃんが可愛《かわい》くないとか言うつもりはないけど……さ」

小学生の頃からエルフに見えていた親友は、写真を撮るといつも全く違う姿に写る。

それは渡辺涼香《わたなべりょうか》と風花《ふうか》の親子とは逆に、真の姿しか知らないからこそ親子ですら見慣れていた日本人の姿に、この世でただ一人馴染《なじ》めなかったのが泉美《いずみ》なのだ。

そのことは大好きな親友との思い出作りに、大きな障害になっていたに違いない。

「最初さ、センパイが風花《ふうか》ちゃんをコンテスト用の写真のモデルにするって聞いて、本当に嫌だったの」

「今は違うみたいな言い方だな」

「よく分かってんじゃん。今もそこそこ嫌だよ」

泉美《いずみ》は悪戯《いたずら》っぽく笑った。

「でも、さ。まさか風花《ふうか》ちゃん本人も自分の姿が見えてなかったなんて思わなかった。つまり風花《ふうか》ちゃんは鏡を見ても自撮りしても、日本人の姿しか見えてないってことだよね。その場合って、日本人とエルフ、どっちが風花《ふうか》ちゃんにとっての本当の姿なのかな」

「確かに……どっちなんだろうな」

「あとそれとは別に、私達の目に映ってる姿が本当の姿って認識はあるわけじゃん。だとしたら普段の身だしなみとかどういう扱いになってるのかな。日本人の髪結ぶと、エルフの髪も良《い》い感じに魔法で見えるようになるのかな。風花《ふうか》ちゃんよく耳が長いこと話のネタにするんだけど、自分じゃそれ、見えてはいないわけでしょ？」

「そればっかりは、本人に聞いてみないことにはな」

「そう言うことも含めてさ、私、これまで風花《ふうか》ちゃんのこと分かってるようで分かってないんだなって。で、ここからがお願いなんだけど」

「一緒に写真を撮るってのがお願いじゃなかったの？」

「別にそんなのシャッター一回切るだけの話でしょ。聞いた感じじゃ、もし今回ので上手《うま》く行ってたら、センパイのあのカメラに魔力を二人分込めればいいだけなんだから、どっちかって言うとそこはセンパイより風花《ふうか》ちゃんやおばさんに魔力の負担お願いするところだし」

それはそうかもしれないが、この話の流れでそれはないだろうという気はする。

泉美《いずみ》相手に今更そんなことを突っ込んだところで何の意味もないが。

「言ったでしょ。これは写真部の部長にしか頼めないこと。……私を、写真部に入部させてほしいの」

「え!?　なんで!?」

これは確かに写真部部長にしか頼めないことかもしれないが、一体どういう風の吹き回しなのか流石《さすが》に予想ができず、行人《ゆくと》は大声を上げてしまう。

「写真部は伝統的に、先輩が後輩に写真やカメラのレクチャーを丁寧にするんでしょ」

確かに仮入部の騒ぎのときに、その話を泉美《いずみ》にもした。

「これでも仮入部とか言って期待させてダマしたことは悪いとは思ってるの」

「はあ」

「それにセンパイだけ部活にかこつけて風花《ふうか》ちゃんの写真を好き放題撮れるの、癪《しゃく》だし」

本音は恐らくこちらだろう。

「日本人とエルフ、どっちが風花《ふうか》ちゃんの『本当の姿』にせよ、その姿を私だって見ていたい。今は魔法のカメラを持ってるのはセンパイだけだけど、風花《ふうか》ちゃんとセンパイのそばにいれば、私だっていつか魔法のカメラを手に入れて、風花《ふうか》ちゃんと写真を撮ったり撮られたりができるかもしれない」

「別にそれは園芸部にいてもできるんじゃないの？　無理に兼部なんかしなくても」

「何？　センパイは私が部活に入るの嫌なの」

「割と嫌」

「そこは『そんなことないよ』って言っとくとこじゃないの⁉」

「だってここまではっきり自分を敵視してる後輩とか普通に嫌だしそれに……」

これからまた改めて『渡辺風花《わたなべふうか》を好きになる』ための過程において、事あるごとに邪魔してくるに決まっている。

もちろんそれを口に出すほど行人《ゆくと》もバカではないが、泉美《いずみ》は極めて空気を読む力に長《た》けた人間であった。

「決めた。絶対入部するから。そんで絶対に！　間違っても！　万が一にも！　センパイと風《ふう》花《か》ちゃんのカップルが成立しないように全力で邪魔してやる」

「勘弁してくれよ」

「だったら私に写真を教えて。一応、普通の女子よりはカメラに詳しいつもりだよ。古いカメラのことならおじいちゃんに色々教わったし」

「おじいさんの影響で興味あるのは本当だったのかよ」

「こう見えてめちゃくちゃおじいちゃんっ子だから」

艶然《えんぜん》と微笑《ほほえ》むと、泉美《いずみ》は満足して立ち上がり、

「正式な入部は風花《ふうか》ちゃんに兼部の許可もらってからだけども」

行人《ゆくと》の腕を指で突《つつ》いた。

「これからよろしくね、センパイ」


「あー、何と言うか、小滝《こたき》さんは渡辺《わたなべ》さんのいい写真を撮りたいから？　あと一緒に写真を撮りたいから？　学校生活で日常的に写真やカメラに触れられる環境が欲しいらしいよ」

「大木《おおき》くん。泉美《いずみ》ちゃんがそんな素直な理由で大木《おおき》くんの部活に入ったなんて、私が信じると思う？」

「思いません、はい」

泉美《いずみ》が写真部に入部しにきた経緯を波風立たないように搔《か》い摘《つま》んで良いように話したところ、エルフの渡辺《わたなべ》には一秒で見破られた。

「私が泉美《いずみ》ちゃんと何年付き合ってると思ってるの」

「だよね。まぁ、俺が渡辺《わたなべ》さんの写真を部活にかこつけて撮るのは結局気に入らない、みたいなこと言われたよ」

「ふーん。それだけ？」

「あー、その……後は……間違っても俺と渡辺《わたなべ》さんが付き合うことがないよう全力で邪魔する、と言われました」

「ふ、ふーん……そ、そうなんだ……」

さすがにこれには、お互い顔を赤らめてしまう。

「でも、ちょっと待って。それってまさか……泉美《いずみ》ちゃんまさかそのためだけに自分が大木《おおき》くんと……？　考えすぎ？　いやでも……」

「渡辺《わたなべ》さん？　どうしたの？」

「……大木《おおき》くん」

「え？」

「部長が兼部って駄目かな」

「は？」

「私も写真部に入りたい」

「いやさすがに部長の兼部は聞いたことないよ？」

「じゃあ大木《おおき》くんが園芸部に入って」

「いやだから俺も部長……」

「泉美《いずみ》ちゃんばっかりズルい！」

「ええ？」

釈然としない押し問答がしばらく続くが、とりあえずさすがに部長が兼部しあうのはおかしすぎるという結論に落ち着いた。

「でも私は諦めないよ」

「う、うん？　何を？」

「そうだ！　写真部と園芸部を合併させて写芸部《しやげい》にしない？　それとも園真部《えんしん》！」

「何する部なのか耳で聞いても全然分かんないよ！　それはいいから、とりあえず、写真見てみない？」

「うん。でも私、諦めないから」

「分かったたって」

放っておくとそのうち二つの部活を合体させて園芸写真部を発足させかねないので、行人《ゆくと》は強引に話題を切り替え、机の上にある写真を手に取った。

「はい。出来上がり、確認して」

「うん。ありがとう。拝見します」

　およそ写真を見る緊張感ではないが、エルフの渡辺《わたなべ》は姿勢を正すと、三十六枚ある写真の束を一枚一枚めくり始める。

「そう言えば、今のところ、どう？　コンクールに使えそうなものは撮れたの？」

「どうだろうな。渡辺《わたなべ》さんも納得できるものを応募したいし……あ、今の」

「え？　これ？」

　行人《ゆくと》自身も初めて見る今回の現像の中に、泉美《いずみ》が耕した花壇の土から出てきた枝や小石を取り除いている渡辺風花《わたなべふうか》の写真があった。

「もう少し光量があったらいい写真だったんだけどな」

「これが？　……なんだか泉美《いずみ》ちゃんがメインみたいだけど」

「そんなことないよ。土を中心に二人の活動の対比がよく出てるいい構図だと思う」

「そういうものなんだ……あ」

　しばらく同じ日の二人の園芸部活動の光景が続いた後、突然薄暗い獣道の写真が現れた。

　確認するまでもなく、迷いの道の魔法を破った写真だ。

「こうして見ると、写真の画《え》そのものは特別何があるわけでもないんだね」

「それがそうなんだよ。その道の写真撮ったとき、道全体が光って見えたんだけどね」

　そしてエルフの渡辺《わたなべ》の手が、次の一枚をめくる。

「………そっかぁ」

エルフの渡辺《わたなべ》は、安堵《あんど》したような溜《た》め息《いき》をこぼした。

湧き上がる大樹の優しい魔力にライティングされて、そこには一組のエルフの親子が映っていた。

ぎこちない笑顔と、寄り添いきらない体。レンズには向いているのになぜか微妙に揃《そろ》わない視線。

だが間違いなく親子だと分かる、金色の髪の、耳の長い、サン・アルフの母と娘が。

「そっか。そっかぁ……」

エルフの渡辺《わたなべ》は。

いや。

渡辺風花《わたなべふうか》は。

写真を握りしめてしまわないように、それでも決して手放してはならないという気持ちを写真に触れる指に込めた。

「これが、大木《おおき》くんに見えてる私なんだね」

そして微笑《ほほえ》みながら、涙を一筋流した。

「うん」

「……全然私って感じがしない。変なの」

「俺にとっては……どっちも、渡辺《わたなべ》さんだよ」

風花《ふうか》の手元で、次の一枚がめくられる。
そこに写っているのはほとんど同じポーズの日本人の姿の渡辺風花《わたなべふうか》と渡辺涼香《わたなべりょうか》。
残るカットで風花《ふうか》と涼香《りょうか》を取った写真は全て日本人の姿であり、エルフの姿が写っている
のは、最初の一枚だけだった。
「でも、大木《おおき》くんが好きになってくれたのは、こっちの私なんだよね」
「どうなんだろうな。今は、実はちょっとよく分からない」
「え？」
「渡辺《わたなべ》さんに告白したとき俺は、タレントやアイドルに恋してるのと変わらなかったんだと思
う。渡辺《わたなべ》さんの本当の姿……エルフとかそういうことじゃなく、日常でどんなことを考えたり
思ったりしてるのか、全然知らなかったんだからさ」
「アイドルだなんて……さすがにそれは言いすぎだと思うけど」
「俺にとってはって話。で、実際に告白して、エルフのことを知って、ただ単に無暗《むやみ》やたらと
『渡辺《わたなべ》さんともっと親しくなりたい、渡辺《わたなべ》さんの特別になりたい』って言う、ヒリついた焦《あせ》り
みたいな『好き』は、今は多分……ない」
聞きようによっては完全に恋心がなくなった、ともとれる言葉だったが、風花《ふうか》は真剣な表情
で行人《ゆくと》の次の言葉を待った。
「今は……もっと、渡辺《わたなべ》さんの力になりたい、って思ってる」

「大木《おおき》くん……」

「俺は喧嘩《けんか》なんかしたことないし、カメラだって人より少し詳しいだけでプロってわけでもない。魔法なんかもっと分からない。でも……もし渡辺《わたなべ》さんが俺の撮った写真を気に入ってくれたなら、俺は渡辺《わたなべ》さんのそばで、渡辺《わたなべ》さんの思い出を、記録していきたい」

「お、大木《おおき》くん、それって……⁉」

「これは、エルフのことを知る前の渡辺《わたなべ》さんに向けた好きとはだいぶ違うけど、でももし、渡《わた》辺《なべ》さんや渡辺《わたなべ》さんのお母さんが許してくれるなら……父さんが遺《のこ》したカメラで、渡辺《わたなべ》さんを撮り続けて、いいかな」

「ま、待って、大木《おおき》くん待って、その、それって……私のそばで私の思い出って、大木《おおき》くんそれって」

まるでプロポーズのような言葉に、風花《ふうか》の全身がみるみる赤く熱くなってゆく。

行人《ゆくと》も、風花《ふうか》のその反応で自分がかなり暴走したことを言っていることに気づき、話の軌道を修正にかかる。

「あ、いや！　でもね、べ、別にこのカメラがあれば俺じゃなくたって写真は撮れるし、父さんのカメラは他にもまだあるから、その、サン・アルフの宿命的な理由がアレするなら、このカメラは渡辺《わたなべ》さんやサン・アルフの人達にあげてもいいんだけどね！」

実際に渡辺《わたなべ》母娘《おやこ》の真の姿を写し出したのはカメラの力であって行人《ゆくと》の力ではない。

泉美《いずみ》の言ではないが、シャッターさえ切れれば写真なんぞ誰にでも撮れるのだ。

だが行人《ゆくと》の照れ隠しの言葉を聞いた風花《ふうか》は、首を激しく横に振り、言った。

「大木《おおき》くんがいいです！」

「えっ」

「大木《おおき》くんじゃないと……いや、です」

顔を伏せたまま、言う。

「だって私の本当の姿が見えているカメラマンは……この世に大木《おおき》くんだけなんだから」

風花《ふうか》は赤面し、涙目になった顔を必死に上げて、行人《ゆくと》の手を取った。

「だから、大木《おおき》くん。私からもお願いします。そのカメラで私のこと、撮って下さい。それでもしよかったら……また……いつか…………」

恥ずかしさで、顔がまた下がりそうになる。

それでも、風花《ふうか》は耐えた。大事なことだから。大切なことだから。

「またいつか…………大木《おおき》くんに、す……好きに、なってもらえるように…………今日から
……ゆっくり、少しずつ、お互いを知り合っていきたいって、思うの」

それは、風花《ふうか》が行人《ゆくと》の告白に対してした、最初の答えだった。

「大木《おおき》くん。こんな、自分の顔もきちんと知らないエルフだけど……私のことを、また、知っていってもらえますか」

「こちらこそ、よろしくお願いします」

その答え以外、あろうはずもなかった。

風花《ふうか》も行人《ゆくと》も、お互いがお互いの何かになる、という言葉を避けた。

それはまだ、二人にとって早すぎ、また口に出すことの憚《はばか》られるものだった。

行人《ゆくと》は風花《ふうか》の抱えるサン・アルフの宿命の本当の重さを知らない。

風花《ふうか》は行人《ゆくと》の過去を何も知らない。

ただ、言葉に出さずとも、一つだけ確かなことがあった。


「姿隠しの魔法そのものを破る方法は今のところ存在しないわ。でも、どうしてたまにサン・アルフの本当の姿を見ることのできる人が現れるのかは分かってる」

行人《ゆくと》を日本に送り返した後、母とゆっくり話をした風花《ふうか》は、何故《なぜ》行人《ゆくと》と泉美《いずみ》にだけ風花《ふうか》の本当の姿が見えるのか、その理由を尋ねた。

すると母は事も無げにその秘密を明かしてみせた。

「条件を整えるのはとても難しいことよ。でも、誰の身にも起こり得ることで、その相手にだけ、姿隠しの魔法は本当の姿を見せてしまうの」

「もったいぶらないで教えてよ。どういうことなの？」

「地球でもナチェ・リヴィラでもそんな話はいくらでもあるでしょ。違う生き物に変えられた王子様がお姫様の無償の愛で本当の姿を取り戻す、みたいなね」

「へ？」

「あの短いやりとりじゃそこまで人となりは分からなかったけど、風花《ふうか》あなた、本当にあの大《おお》木《き》君のこと好きなのね」

「……へ？　へぇっ？　えええええええええ!?」

母の言わんとすることを理解し卒倒しそうになった風花《ふうか》だが、何とか踏ん張って反論する。

「そそっそそそれじゃいいい泉美《いずみ》ちゃんは!?　泉美《いずみ》ちゃんはなんで!?」

「小さい頃のあなた達、生き別れの姉妹かってくらいに仲が良すぎていっつも二人でベタベタしてたじゃない。ちっちゃい子どもの愛って、案外重いのよね」

幼い頃の遠い記憶に思い当たった風花《ふうか》は次の瞬間、頭から湯気を出して卒倒したのだった。

「ちょっと大丈夫？」

「いや、そんな仕様の魔法だなんて、聞いててな……」

「もちろんそれだけが本当の姿を見る条件じゃないわよ。世の中気の多い人だっているんだから、両想《おも》いになるたびに顔が露見してたら大混乱でしょ。子どものうちは特に」

「子どものうちじゃなくても大混乱だと思うけど……じゃあ、他に見抜けるようになる理由って何なの」

「魂に触れることよ、レグニ・フニーグ・フーカ《緑の指の風花》。魔法にとって、名前はとても重要。あなたも知ってるでしょ」

「…………私、園芸控えた方がいいのかな」

「大丈夫でしょ。両想《おも》いなのが前提条件なんだし、そんな相手を褒めるのに緑の指なんて気取った物言いする人、そうそういやしないわ」

「私の人生に、既に二人いるんだけど」

「男女同数である幸運に感謝しなさい」

母の達観した笑みが悔しくて、つい娘は意地悪な質問をした。

「お母さんはどうだったの。レダート・エスロウ・リョーカ《名伯楽の涼香》」

「私が自分の真名を嫌ってるのを知ってのことか」

涼香《りょうか》は娘に最大限顔を顰《しか》めてから、鼻を鳴らした。

「一人だけよ。幸か不幸か、ね」


思い出すだけで毛布をかぶって枕に顔を埋《うず》めて暴れ出したくなるような母との会話を思い出しながら、風花《ふうか》は熱を帯びた声で尋ねる。

「大木《おおき》くんのご両親のこと、教えてもらえますか？」

「うん。父親はプロのカメラマン。一般的に有名じゃないけど、大きな本屋だったら写真集を置いてもらえるレベルの人だった。母親は結婚前から今までずっと生命保険会社に勤めてて、だからってわけじゃないけど、父さんが死んでもうちの家計が傾くようなことはなかったよ。その点、普段から感謝してる分、今は家事はほぼ俺の役目だけどね」

行人《ゆくと》はそう言って立ち上がると、風花《ふうか》を手招きした。

「よかったら親父《おやじ》の部屋、案内させてもらえる？」

「うん。お願いします」

風花《ふうか》を連れて廊下に出た行人《ゆくと》は、何ら躊躇《ためら》うことなく父の書斎を開ける。

「わあ！」

風花《ふうか》は思わず声を上げた。

カーテンを閉め切った六畳ほどの部屋の中で最初に目についたのは、風花《ふうか》の腰ほどの高さもある巨大な二つの防湿庫だった。

片方はカメラ。片方はレンズ。等間隔に丁寧に並べられたそれは、いかにもプロのカメラマンの部屋にあるもの、という感じだった。

本棚には『大木進一《おおきしんいち》』の名が入った写真集が何冊もささっており、整えられたデスクにも壁にも、素人目《しろうとめ》に明らかに卓越した技術と知識で撮影された写真が無数に飾られている。

「凄《すご》い！　プロの部屋って感じがする！　ああいうの、電気屋さんで見たことあるよ！」

興奮気味にレンズの並んだ防湿庫《ぼうしつこ》を興奮気味に指さす風花《ふうか》に、行人《ゆくと》は微笑《ほほえ》んだ。

「よくは知らないけど、カメラのいいレンズって凄《すご》くデリケートなんだよね？」

「うん。しかも滅茶苦茶《めちゃくちゃ》高い。昔聞いた話だと、右の防湿庫の一番下にある奴《やつ》は、どれも百万円超えらしい」

「ひゃっ⁉」

「ただかなり専門性の高いレンズだから、普段の仕事で使うのは、結局三十万から五十万のあたりの使ってたらしい」

「そ、それでもそんなにするんだ。ふわぁ……」

具体的な値段を聞いた途端に部屋の中の全てが高級品のような気がして、風花《ふうか》は動けなくなってしまう。

「あのカメラは、あそこに置いてあったんだよ」

だが家主の行人《ゆくと》はもちろん慣れた様子で部屋のデスクに近づくと、何の気なしに椅子を引いてデスクに付属している本棚の上を指さした。

「仕事で使うカメラはああいう風に防湿庫《ぼうしつこ》に必ず片付けられてたから、外に置きっぱなしって珍しくてさ。父さんが死んだってことになって、葬式することになったとき部屋に入って、初めて見つけたんだ。外に出しっぱなしってことは仕事用じゃないってことだから……それなら、俺が借りてもいいんじゃないかって思って。そしたらデジカメじゃなくてフィルムカメラでしよ。使い方理解するまで結構時間かかったし、本当、小遣いがいくらあっても足りないのは本当参るよ」

どこか誇らし気に、だがどこか悲し気に饒舌《じょうぜつ》に話す行人《ゆくと》の言葉のかすかな違和感に、風花《ふうか》は気づいた。

「死んだことになって、って、どういうこと？」

「誰も、父さんの死を確認してないんだ。仕事の撮影旅行中に行方不明になった。登山者登録が必要な山に登って予定下山日になっても戻らなくて、結局遺体も見つかってない」

「っ！」

「だから、なのかな。葬式の棺《ひつぎ》は空っぽだったし、葬式からもう三年も経《た》ってるのに未《いま》だに死んだって気がしてなくて、いつかフラっと帰ってくるんじゃないかと思うとね……まだ、その辺のカメラには手を出せない。仕事用の高いやつ、勝手に使ったら怒られそうだし」

そう言うと、行人《ゆくと》は防湿庫の前にしゃがみ込んだ。

「あとはなー。父さんがそんなことになったから、母さんが俺を写真の道に進ませまいと色々チクチク言うようになったのは本当めんどい。写真で食えるのは一握りだとか、儲からない割に金は飛んでくとか、事あるごとに言うから面倒くさくてさ」

「そう、なんだ……」

「だから俺、今度のコンテストでは絶対に何か実績を残したいんだ。逆にね。プロになるならない以前に、俺自身が単純に写真撮るのが好きなんだってことを示すためにも。だからモデル引き受けてくれた渡辺《わたなべ》さんには毎日感謝してるし、それに……父さんのことについても勝手に感謝してることがあって」

「え？　お父さんのことで？　どうして？」

「異世界の存在を証明してくれたから」

行人《ゆくと》はそう言ってまた立ち上がった。

行人《ゆくと》の目線の先にあるのは、写真ではなく何故《なぜ》か保険会社のパンフレットが入った額縁だった。

黄色い花と青い峰の対比が美しい雄大な自然を背景に、どこか行人《ゆくと》に似た面影のあるスーツ姿の女性がライフプランを提案するための書類を笑顔で抱えている、そんなパンフレットだった。

「あんなに気軽に行ける異世界があるならもしかして、父さんは山の事故で異世界に転移して、そっちで元気に写真撮ってるんじゃないかなって思えたんだ」

「……うん。そうだと、いいね」

風花《ふうか》は部屋に入って初めて一歩踏み出し行人《ゆくと》の隣に立つと、遠慮がちに、だが行人《ゆくと》の心を励ますように、その手を握った。

「湿っぽくなっちゃったな。ごめん。次は渡辺《わたなべ》さんのご両親のこと、教えてもらえる？」

「う、うん。もちろん。お母さんにはもう会ってもらったけど、イーレフの里の治安管理の職についてて、普段は向こうにいるから、日本での生活は大体お父さんがね……」

『十人十色のライフプランに寄り添う保険』

撮影・大木《おおき》進一《しんいち》、と小さく印刷された額縁の中のパンフレットのキャッチコピーを見ながら、家族のエピソード、愚痴、笑い話に、行人《ゆくと》と風花《ふうか》は花を咲かせる。

◇

「続きまして、写真部部長、大木《おおき》行人《ゆくと》君」

「はい」

既に夏の気配が近づきつつある六月上旬の全校集会で、行人《ゆくと》は名を呼ばれ、壇上に上がる。

「南板橋高校《みなみいたばしこうこう》二年、大木《おおき》行人《ゆくと》君。あなたは第一回東京学生ユージュアルライフフォトコンテストに於《お》いて準優秀賞の成績を収めたことを讃《たた》え、ここに表彰します」

中学校の卒業証書以来となる賞状受け取りの作法に則《のっと》り校長から賞状を受け取った行人《ゆくと》は、硬い動きで一礼する。

「皆さん、大きな拍手をお願いします」

生徒会役員のやる気のない司会に合わせ、全校生徒からあまり興味の無さそうな拍手を受けながら、行人《ゆくと》は硬い動きのまま壇上を降り、自分のクラスの位置に戻る。

「お疲れ、おめでとさん」

戻る途中、列の前の方にいた哲也《てつや》が肩を軽く叩《たた》き、グーを作って祝福してくれる。

「おう、さんきゅ」

友人の思いがけずストレートな祝福は思いのほか照れくさく、全校生徒の拍手の何倍も心に来るものがあった。だからだろうか、

「私も列の前の方がよかったな。そうすれば小宮山《こみやま》君より先におめでとうって言えたのに」

自分の一つ前の出席番号である風花《ふうか》は、少し不満げな顔で賞状を抱きしめた行人《ゆくと》を迎えたのだった。

「渡辺《わたなべ》さんには、受賞の報《しら》せがあったときに最初に言ってもらったじゃん」

「私も最初そう思ったけど小宮山《こみやま》君を見て、それはそれ、これはこれだなって思っちゃいました。だって集会の表彰なんだもの。菊祭りのお返しをしたいじゃない」

可愛《かわい》らしい理由で拗《す》ねてから、校長の話が続いている集会でくるりと行人《ゆくと》に向き直って、小さな声で、はっきりと言った。

「おめでとう、大木《おおき》くん」

「ありがとう、渡辺《わたなべ》さんのおかげだよ」

行人《ゆくと》もそう答え、二人は笑い合う。

◇

部長が『東京学生ユージュアルライフフォトコンテスト』の準優秀賞を獲得してもなお、写真部に新たな部員が入る気配はなかった。

それは全校集会の気のない拍手からも予想はできていたことだが、現状唯一の写真部一年生部員となった小滝泉美《こたきいずみ》にはそれが少し不満だった。

行人《ゆくと》のことは相変わらず嫌いだが、それでも受賞した写真自体は良いものだと泉美《いずみ》も認めざるを得なかった。最優秀賞でないことに納得はいっていないくらいには。

日陰がちな写真部部室の前にその写真は焼き増しして飾られているのだが、引き延ばしたりせずにL判のまま小さな額に飾っているのが、人の目につかない大きな理由なのかもしれない。

「写真はともかく飾り方のセンス最悪。こんなんじゃ人目につかないじゃん」

祖父から譲り受けたカメラの重みがかかるスクールバッグを担《かつ》ぎ直しながら、泉美《いずみ》は肩をすくめた。

「センパイもう来てるー？　あれ、まだ来てない。もー、そんなだから新入部員が私しか来ないんじゃないの」

その場にいない部長に文句を言いながら、泉美《いずみ》は開けたドアを乱暴に閉めて部室で行人《ゆくと》を待つ。

その衝撃で、廊下に飾られた写真が小さく揺れる。

それは、花壇の整備を終え、泥で汚れたジャージの腕をまくった風花《ふうか》が、花壇の縁に腰かけペットボトルの麦茶を美味《おい》しそうに飲む写真。

『モデルとの信頼関係が築かれていることが窺《うかが》える。こんなに麦茶を飲みたくなる写真は他にない』と審査員に選評された、渡辺風花《わたなべふうか》の学校での日常を切り取った写真だった。

作者はあとがく　―　AND　YOU　―

日本でカメラ付き携帯電話が発売されたのは、調べた限りですが1999年のことだそうです。それから四半世紀過ぎた現在、カメラ機能は最早《もはや》スマートフォンのフォン部分を凌駕《りようが》し、最大のセールスポイントになっています。

初めましての方は初めまして。お久しぶりの方はお久しぶりです。和ヶ原聡司《わがはらさとし》です。

私が子どもだった90年代まで、おでかけや旅行で写真を撮るためには、カメラの携行が必須でした。カメラ付き携帯電話が普及しはじめた00年代初頭も、まだ携帯電話のカメラは普通のカメラの代替とはなり得ないものでした。

最初期のカメラ付き携帯電話がカメラの代替となり得なかったのは共有機能の実装が遅れたせいだと思っています。

SNS社会の現代では信じられないことですが、最初期のカメラ付き携帯電話は携帯電話本体から撮った写真を出力し共有する方法が無いものもありました。

ですが、その問題が徐々に解決され、スマートフォンが出現し、カメラ機能がスマートフォンの主要な能力になった頃、世間からカメラという存在が急速にフェードアウトしたように思います。

現像し、家族や友人と思い出を共有するために見返す手続きを、スマートフォンはポケットに収まる小さな体で完璧にこなしてしまうのです。

本書執筆にあたり、ちょっと頑張ってみちゃおうかなと奮発して一眼レフカメラを買って使ってみたのですが、まー普段使いするには重い、デカイ、設定が難しい、そして何より共有が大変。

でも間違いなく言えることは、撮影そのものが圧倒的に真剣に楽しく取り組めること。

今俺、写真撮ってる！　とアガることだけは間違いなく、素人《しろうと》の撮影結果にわずかながら良い影響を及ぼしています。

趣味に良い道具を使うこと、形から入ることって、実は滅茶苦茶《めちゃくちゃ》大事なのかもしれません。


本書は、今ではカジュアルなシーンからフェードアウトしかけている道具を手に一途《いちず》に精いっぱい高校時代を過ごす少年の目というレンズを通して描かれた物語です。

あらゆるものの『価値』は、世の中の流れに関係無く、見出《みいだ》すものの前でこそ輝きを増すもの。恋など正にその典型だと思います。

本書を読まれた方がこの物語に価値を見出《みいだ》して、彼らの数日先の未来の物語を描く機会を得られることを願って。

それではまた。

◉和ヶ原聡司著作リスト

「はたらく魔王さま！1～21」（電撃文庫）
「はたらく魔王さま！0、0-Ⅱ」（同）
「はたらく魔王さま！SP、SP2」（同）
「はたらく魔王さまのメシ！」（同）
「はたらく魔王さま！　ハイスクールN！」（同）
「はたらく魔王さま！　おかわり!!」（同）
「はたらく魔王さま！　ES!!」（同）
「ディエゴの巨神」（同）
「勇者のセガレ1～4」（同）
「スターオーシャン：アナムネシス　-The Beacon of Hope-」（同）
「ドラキュラやきん！1～5」（同）
「飯楽園―メシトピア―　崩食ソサイエティ」（同）
「飯楽園―メシトピア―Ⅱ　憂食ガバメント」（同）
「エルフの渡辺」（同）

本書に対するご意見、ご感想をお寄せください。

ファンレターあて先
〒102-8177　東京都千代田区富士見2-13-3
電撃文庫編集部
「和ヶ原聡司先生」係
「はねこと先生」係

本書は書き下ろしです。

電撃文庫

エルフの渡辺《わたなべ》

和ヶ原聡司《わがはらさとし》

◇◇◇

2024年12月10日　初版発行

発行者　山下直久
発行　株式会社KADOKAWA
〒102-8177　東京都千代田区富士見2-13-3
0570-002-301（ナビダイヤル）
装丁者　荻窪裕司（META＋MANIERA）
印刷　株式会社暁印刷
製本　株式会社暁印刷

ISBN978-4-04-915911-0　C0193　Printed in Japan

電撃文庫　https://dengekibunko.jp/

電撃文庫DIGEST　12月の新刊

発売日2024年12月10日

春夏秋冬代行者
黄昏の射手
著／暁 佳奈　イラスト／スオウ

黎明二十一年五月、「黄昏の射手」巫覡輝矢は囚われていた。春夏秋冬の代行者達と同様に神に力を与えられ従者に守られている彼が、なぜ見知らぬ地に？『ヴァイオレット・エヴァーガーデン』著者が贈る現人神の物語。

続・魔法科高校の劣等生
メイジアン・カンパニー⑨
著／佐島 勤　イラスト／石田可奈

達也はサンフランシスコ暴動を引き起こした魔法ギャラルホルンの対抗魔法の開発を急いでいた。一方、日本の政界の黒幕でも動きが。元老院四大老の一人、穂州美明日葉が、四葉家への粛清計画を進めており……。

とある魔術の禁書目録《インデックス》
外典書庫③
著／鎌池和馬　イラスト／はいむらきよたか

鎌池和馬デビュー20周年を記念して、超貴重な特典小説を電撃文庫化。第3弾では魔術サイドにスポットを当て『アニェーゼの魔術サイドお仕事体験編』『バイオハッカー編』を収録！

男女の友情は成立する？（いや、しないっ!!） Flag 10.
貴様ごときに友人面されるようになってはお終いだな？
著／七菜なな　イラスト／Parum

3年生に進級した悠宇たち。それぞれの道を歩み始めた三人をよそに、まだ過去に縛られた男が一人いて……。とある後輩を中心とした因縁と、それにより生まれた確執が悠宇と慎司の対立を引き起こしてしまい──。

他校の氷姫を助けたら、お友達から始める事になりました2
著／皐月陽龍　イラスト／みすみ

苦難を乗り越え、親公認の恋人同士となった【氷姫】・凪と蒼太。完全に蒼太の前では溶け切ってしまった凪のあまりにまっすぐな愛情表現に悶絶する彼だったが、同じく蒼太を溺愛する両親が家に来ることになり!?

声優ラジオのウラオモテ
#12 夕陽とやすみは夢を見たい？
著／二月 公　イラスト／さばみぞれ

「獲りに行くぞ、由美子の夢を」声優として経験を積んだ由美子は、遂にプリティアのオーディションへ挑む。強力なライバルも参戦する中、その結末は予想外の方向に!?　「あなたの夢を──我々に、ください」

男女比1:5の世界でも普通に生きられると思った？③
～激重感情な彼女たちが無自覚男子に翻弄されたら～
著／三藤孝太郎　イラスト／jimmy

アフターに誘うべく迫る星良や、夏祭りデートに誘う由佳。海でのお泊りで自慢の水着を見せる恋海に、新たな癖に目覚める汐里!?　運命の人の正体を探すみずほにも、急展開が──。無自覚ラブコメ第③巻！

君の先生でもヒロインになれますか？3
著／羽場楽人　イラスト／塩こうじ

俺・錦悠凪は、お隣さんで美人な先生・天条レイユと想いを確かめ合った。そんな俺はクラスメイトの久宝院旭の彼氏役をやることになり……えっ彼氏役!?　怒涛の文化祭シーズンへ突入する先生ラブコメ第三弾！

新作 **エルフの渡辺**
著／和ヶ原聡司　イラスト／はねこと

悩める男子・大木行人には悩みがある。それは、大好きだった渡辺さんの姿が"エルフ"に見えるようになってしまったこと!?

新作 **銀河放浪ふたり旅**
ep.1 宇宙監獄の元囚人と看守、滅亡した地球を離れ星の彼方を目指します
著／榮織タスク　イラスト／黒井ススム

宇宙に追放されたカイトが、機械知性の刑務官エモーションから告げられたのは地球滅亡のお知らせ。吹っ切れたカイトは勢いで人類最後の宇宙旅行に向かうが、遭遇した外宇宙文明から地球代表として認められて？

新作 **最強の悪役が往く**
～実力至上主義の一族に転生した俺は、世界最強の剣士へと至る～
著／反面教師　イラスト／Genyaky

ゲームに登場する悪役公爵家のルカ・サルバトーレに転生した俺は、異世界を生き残るために最強無比の悪役になることを決意する。ヒロインもラスボスも強くなるための糧にすぎない。力で俺以外の全てを蹂躙してやる！

新作 **営業課の美人同期とご飯を食べるだけの日常**
著／七転　イラスト／どうしま

『昼一緒に食べられそうだけど、どう？』社内でも美人と評判の秋津ひより。彼女とは元同級生の俺だったが、ひょんなことからいつも一緒にご飯を食べる親密な仲になり……？　同期社員二人の、小さな恋の物語。

【画集】
新作 **はいむらきよたか画集4　REBIRTH**
著／はいむらきよたか

『とある魔術の禁書目録』イラストレーター・はいむらきよたかが描く、艶美なる世界。総イラスト250点以上、オールカラーの豪華仕様で表現される、衝撃の再誕に歓喜せよ。

那西崇那
Nanishi Takana
[絵]NOCO
絶対に助ける。
——たとえそれが、
彼女を消すことになっても。
蒼《そう》剣《けん》の歪《ゆが》み絶《だ》ち
VANIT SLAYER WITH TYRFING
ラスト1ページまで最高のカタルシスで贈る
第30回電撃小説大賞《金賞》受賞作
電撃文庫

ふたりぼっち。
安住の星を探して宇宙旅行★
発売即重版となった『竜殺しのブリュンヒルド』
著者・東崎惟子が贈る宇宙ファンタジー！
少女星間漂流記
著・東崎惟子　絵・ソノフワン
電撃文庫

ほうかごがかり
ぼくらは命を懸けて、『奴ら』を記録する——。
When the midnight chime rings,
we are captured in a "Houkago".
In there, there is neither a correct answer nor a goal
or a stage clear.
Only our dead bodies are piled up.
【ほうかごがかり】
甲田学人
illustration potg
よる十二時のチャイムが鳴ると、
ぼくらは『ほうかご』に囚われる。
そこには正解もゴールもクリアもなくて。
ただ、ぼくたちの死体が積み上げられている。
鬼才・甲田学人が放つ、恐怖と絶望が支配する
“真夜中のメルヘン”。
電撃文庫

はじめてのゾンビ生活
不破有紀
FUWA YUKI
[絵]雪下まゆ
おめでとうございます!!!
ゾンビの陽性反応が
出ました。
人間とゾンビの
奇想天外興亡史!?
YOUR FIRST ZOMBIE LIFE
電撃文庫

全人類の記憶を
ロックした前代未聞の
身代金テロの真相は
夏海公司
絵：れおえん
セピア×セパレート
SEPIA × SEPARATE
復活停止
RESTORATION SUSPENSION
3Dバイオプリンターの進化で、
生命を再生できるようになった近未来。
あるエンジニアが〈復元〉から目覚めると、
全人類の記憶のバックアップをロックする
前代未聞の大規模テロの主犯として
指名手配されていた――。
電撃文庫

凡人《ぼんじん》転生《てんせい》の
努力《どりょく》無双《むそう》
~赤ちゃんの頃から努力してたら
いつのまにか日本の未来を背負ってました~
An Epic of a Mediocrity Reincarnated and Striving.
シクラメン
イラスト：夕薙
しまった……
努力しすぎた……。
カクヨム年間総合ランキング
第1位
凡人なのに最強になっちゃいました!?
1巻発売即重版!
電撃文庫

[STATUS]
電撃文庫が贈る、
新たなVRMMOデスゲーム！
CHECK
エンジョイ勢
山本さん、
運営の思惑を
かき乱す！
デスゲームに巻き込まれた山本さん
気ままに
ゲームバランスを崩壊させる
YAMAMOTO san is Breaking Balance of Death Game
ぽち [AUTHOR] POCHI
Illustration 久賀フーナ
[COMMENTER]
『刃牙』シリーズ
範馬刃牙
[著]板垣恵介
「ソードアート・オンライン」
キリト
[著]川原 礫／[イラスト]abec
『デュラララ！！』
セルティ
[著]成田良悟／[イラスト]ヤスダスズヒト
超強力な3人が推薦ッッ!!!
電撃文庫

全話完全無料のWeb小説＆コミックサイト

電撃ノベコミ+

NOVEL

完全新作からアニメ化作品のスピンオフ・異色のコラボ作品まで、
作家の「書きたい」と読者の「読みたい」を繋ぐ作品を多数ラインナップ。

ここでしか読めないオリジナル作品を先行連載!

COMIC

「電撃文庫」「電撃の新文芸」から生まれた、
ComicWalker掲載のコミカライズ作品をまとめてチェック。

電撃文庫＆電撃の新文芸原作のコミックを掲載!

電撃ノベコミ+ 検索

最新情報は
公式Xをチェック!
@NovecomiPlus